因為她對我的愛，
讓我永遠會記得回家……

貓咪不要哭

A CAT'S LIFE

蒂・瑞迪 Dee Ready◎著　　屈家信◎譯　潘金韜◎繪圖

我和「我的人」毫無保留的交換了彼此的愛，
在我離開後，她將會看見。
生命中曾經的點點滴滴，全印記在她心田深處。
我永遠在那兒，永遠愛著她。

致台灣讀者的信

非比尋常的愛，潤澤的溫暖

達西走的那天是星期四。兩天後，我覺得早上醒來就有一股力量驅使我下樓坐到電腦前。我知道文字的線頭準備啓程。就在我坐下打開電腦那一刻，它們立刻從達西的心傾注到我的腦海裡面。

她給我的第一批文字變成她這本書簡短的序言：「我和『我的人』毫無保留的交換了彼此的愛。生命中曾經的點點滴滴，全印記在她心田深處。我永遠在那兒，永遠愛著她。」

我把手從鍵盤移開，看著螢幕上的黑色小字。這些文字沒有道理。我怎麼會說這種話？誰是「我的人」？接著我才發現是達西透過我的身體在說話。我是她的蘆笛，她吹響我們的回憶。

這個念頭讓我沉靜下來。我坐著，哭了很長一段時間，知道就算她已經離開這個世界還是距離我很近。她用這份最後的禮物——我們之間的故事——來安慰我，回溯我們的生命合而為一。

接下來三個月每天早上，我把指頭放在鍵盤上請達西運用我的身體說話。我請她和我一起回憶我們共同度過的那些日子，幫我一把。

每天，句子就這樣走來。她記得我們的生活演變：我們初次相遇，我們旅行，還有我的寂寞。她讓我想起父親過世那時候她是怎樣安慰我。讓我想起她是如何枕在我的懷中，那個時候巨大的哀傷在我身上駐留，我只覺得昏天暗地，幾乎一同遠走。

在接下來幾個禮拜當中，她和我共同分享這些記憶片刻。她記得許多我早已遺忘的事件、人物和感受。將我們共度的時光交還給我。

九月底，我開始整理達西的話。我已經當了許多年的編輯，現在這本書輪到我大展身手。我把她太囉嗦的喵喵叫刪掉，把她歌唱的詩意發掘出來。有一天，我離開電腦替自己泡杯茶，我突然大聲說：「這本書已經要出版了。Crown’s出版社會出版它。它將會感動非常非常多人。」

這些事情都實現了。紐約市的Crown’s出版社真的出版了她的書。後來，韓國、德國、日本和台灣的出版商也都刊印發行。每次我聽到全世界越來越多的讀者接觸到她的故事，我都非常開心。現在，達西的書到了你的手邊。我希望它可以輕輕觸動你的生活，因為她是隻溫柔的貓，以她的方式全心全意呵護我。

台灣出版社在二〇一一年暑假連絡我說想要重新出版達西的書，我覺得既感謝又開心。我希望每一個人——是的，每一個人——都認識她。希望讓每個人了解我和她的感情多崇高、有多廣、又有多深。我知道每個閱讀這本書的人一定都認識像達西這樣的貓。你們了解動物那種非比尋常的愛，也親身感受過那種潤澤的溫暖。

從她生病過世開始算起，二十二年過去了。這段期間當中有八隻貓和我一起相處。我現在正在撰寫他們的回憶錄，希望某一天，這本書也會和達西的書一樣出版發行。我相信這些貓是她派來陪我的。他們的搞怪、小毛病、貼心和喵喵叫的音符都可以幫助我和哀傷和諧共處。

達西死後兩週，我坐在門廊邊。失魂落魄。我離家拜訪朋友，回來只能面對沉默。沒有喵喵迎接我。沒有柔軟的身體穿梭在腿邊。整棟房子空空洞洞。一片虛無。她的死亡讓我們的家變成純粹只是一些牆壁、窗戶、家具和地毯。這些事物不會跟我談感情。我很想她，打從骨子裡想她。

兩周過去了，我知道我必須帶其他的貓進來這個家，不然我可能又會開始想不開。我相信達西應該會把我介紹給某隻貓，讓她引領我回到生氣勃勃的世界。

所以我開車去在地的動物收容所。很多寂寞受驚的小小貓和貓咪都在那等我。我跨進一個寬闊的籠子，靠上一根橫桿，觀察那些在地上打滾玩耍的小貓。

突然之間，我發現有條舌頭輕輕撫觸我的臉。我轉過身，發現一團灰色的毛球。她從橫桿跨上我的右肩。發出又大又長的咕嚕聲。我屬於她。她是我的。她毫不猶疑。

我把她帶回家。第一天她幾乎是霸道地在使喚我。讓我想起《窈窕淑女》裡面那個典型的倫敦底層人物。她的名字，沒錯，就叫伊麗莎．杜立德。

隔天我回動物收容所想要替伊麗莎找個伴。我在一個小籠子發現一隻嬌小的虎斑貓雙眼無助望著我，臉上帶著非常甜美的表情。當我探進那個窄小的空間，又發現一隻短毛橙色的虎斑貓縮在內側角落。看起來飽受驚嚇。

收容所的主管解釋說：兩週前，有一個家裡有兩個小朋友的家庭曾經收養他。可是他們實在是年紀太小，不曉得要怎樣溫柔對待小貓。所以貓咪只好把自己藏起來，免得遭到他們粗魯對待。最後，家長還是把貓咪送回收容所來。

像他這樣心理受創，我覺得其他人應該不會想要收留他。所以我把他和他兄弟一起帶回家。幾天後他們就告訴我他們的名字。灰黑條紋的虎斑貓叫做諾亞，因為他很喜歡潑灑廁所裡的水。橙色的小貓叫耶利米，因為他就像是希伯來聖經裡的先知一樣迴避人群。

他們接受我的時候，諾亞和耶利米是九週大，伊麗莎小他們兩週。我則是五十三歲。

時光流逝。我們成為一家人。我們知道什麼時候該吃飯，什麼時候遊戲時間開始。什麼時候想睡覺。我們用我們的方式了解彼此。

七年過去，我們四個建立了自己的規律。接著，一九九六年八月六日，拉茲晃到我們的院子裡。他銀灰色的長毛纏著血和泥土。耳朵受到蟲感染。全身傷痕累累，有些已經痊癒，有些還很新。可是他的綠眼顯露出他是一個可靠又天真的流浪者。

獸醫開給他一些抗生素，告訴我拉茲大概一歲。我仔細清洗他，熱切歡迎這隻憔悴又華貴的貓加入我們的家庭。我非常確定其他三位家庭成員也會作這樣的決定。

可是我沒學會教訓。達西當初曾經非常努力告訴我說貓咪擅於忌妒，領域意識很強。諾亞和耶利米大部分的時候都無視於拉茲的存在，除非他想要扒他們的乾糧。伊麗莎又不一樣。她討厭看到他出現在面前。她會噓他、吼他、用尖銳的瓜子威脅他。我拉住她，跟她說拉茲需要一個家。我們可以幫助他。

伊麗莎不理我。忿忿不平把頭轉開。繼續她那頑固地嫉妒。我是「她的人」，不屬於其他人。其他兩隻貓或許可以住在這，反正到頭來他們總是住著。沒有威脅。可是再加一隻？對於伊麗莎而言就有點太多了。

她花了很多時間威脅拉茲。我知道她發給拉茲的訊息很清楚：「滾！」可是拉茲不動，他安定下來享受食物、溫暖，還有我對他的關懷。

最後，伊麗莎應該是了解到他會留在我們家，就容許他擁有自己的空間。然而就其他三隻貓而言，拉茲總是，永遠都是一個外人。但他在玩的時候從來沒有放棄過要去吸引其他貓咪注意，當他失敗的時候他也從不排斥享受他獨自的寧靜。透過拉茲這個邊緣人，我學到淡然處世的道理。這是他重要又慷慨的贈禮，就像達西的心意轉化成你們在讀的這本書。

向這四位朋友道別的時間終於來臨。拉茲和我們一同生活恰恰十年，在他來到我們院子裡的那個日子過世。三個月後，二〇〇六年十一月，耶利米走了。接下來的一月，我必須讓諾亞離開。我和他和耶利米共同生活超過十七年。

伊麗莎非常愛我，直到最後一刻。二〇〇九年六月，我從明尼蘇達搬到密蘇里州。她陪我一路駕車度過遙遠的旅途開到這，當我發現自己想念老家的時候她還安慰我。接下來六個月，她每天倚在窗台上觀察我們的街區。她漫遊整間屋子，尋找新的庇護所。

伊麗莎堅守我們的生活直到她發現我已經可以自己在這邊安頓下來。接著，她讓我知道該是說再見的時刻了。她死於二〇〇九年十一月十九日，年滿二十歲又五個月。以人類的標準而言，她應該已經一〇四歲了。

在她死後，我度過了三個淒風慘雨的星期。我請達西陪伴我，引領我繼續前進。她又再一次帶我前往動物收容所。我把自己青澀的哀傷擱置一旁，請所有陪伴過我的貓咪幫助我找到另外一隻貓和我一同生活。

他們介紹來不只一隻，是四隻。沒錯，我帶著四隻貓一起回家，他們馬上就給了我他們的名字：艾莉、瑪姬、芮薩和馬修。

艾莉年紀最大。她對生命有種哲學觀點。馬修是個痞子。到處跑來跑去，跳上桌，在櫃台降落，然後再翻到櫥子頂上，用頭把所有擋路的障礙物頂走。瑪姬是長毛貓——就像巴力拜和伊麗莎。她知道怎樣運用她的活力來感染我。

芮薩死於二〇一一年一月。有天我忘了關門她趁機衝出屋子，結果就在車道外面被車撞到。輪胎把她甩到旁邊，不過沒有其他車再輾過她，因為有人——那個駕駛或者某個有愛心的路人——把她殘破的身軀從街上安放到人行道上。我在那找到她。她的毛還是像新的一樣白。

艾莉、梅姬、馬修和我現在一起住在美國密蘇里州獨立市。我們珍惜彼此。他們只需要食物、水、友善的吻，還有他們可以玩的玩具。我買了一棵六呎高的貓樹給他們爬，立在庭院門邊。每天他們都會賴在枝條上觀察我撒種子吸引松鼠和鳥聚集過來。

我會這樣說：我們大家對彼此都很滿意。

達西對我說話的時候非常投入又專注。她覺得我只屬於她。我覺得伊麗莎也是這樣想，瑪姬也是。我是她們的。她們是為了自己在宣誓。

事實上，我想念所有那些曾經和我相處過，而後又離開的貓咪們：達西、巴力拜、太霸、伊麗莎、諾亞、耶利米、拉茲、芮薩。在我內心深處，在那所有生物神聖本源的所在，我和所有的造物連結在一起。那些曾經接觸過我，也曾讓我接觸過的生命更是如此。

沒有什麼人比達西、巴力拜和伊麗莎更貼近我的內心深處。他們帶給我美好的日子。

蒂・瑞迪二〇一一年十一月

CONTENTS

遇見生命中的另一半
Finding Each Other

記得在我出生幾週後的某一天，母親那塔莎告訴我和哥哥，及兩個姊姊：「不久的將來，你們生命中的人類會出現，而你們也都會離開這個溫暖又隱密的小窩，被人們分別帶回家。」

很快的，這天眞的來了。陌生的人類走進我們的小房間，彎下他們高大的身軀，把我們一隻隻拎起來打量。他們的動作魯莽，還無禮的直瞪著我們看。這些動作讓我們感到很不舒服。對我們貓族來說，認識彼此是需要時間與耐性的。我們會看對方一眼，然後把頭轉開，假裝不在意。對方的身影留在我們腦海裡，慢慢回味。喉嚨發出咕嚕聲表示想跟對方交朋友，或者表示沒什麼興趣。

我才不願意將生命中的黃金歲月，浪費在那些完全不懂得如何與貓兒相處的人身上。這些訪客現在就這麼沒禮貌，將來又怎麼可能好好的對待

我們？唉！我多麼渴望能遇到一位懂得欣賞我的優點與特色的人啊。

直到我七週大時，有個女性人類出現在我們眼前。她和從前來過的人完全不同。她的目光柔和，不會瞪著我們看，也不會粗暴的抓起我們，反而給我們時間好好觀察她。她把一隻手伸進我們的小窩裡，好讓我們聞聞她的味道。

過了一會兒，她居然脫掉鞋子，直接坐在地上。她慢慢的伸出一根手指，輕柔的滑過我的背，又搔了搔我的耳朵。我的心情也開始快樂起來。

接下來，她將手枕在胸前，乾脆趴在地上，變得和我們一樣高了。她看了我們一眼，便將目光移開，好讓我們自己猜想，剛才那一眼代表什麼意思。

我們四個小傢伙爭相爬出小窩，滿腦子好奇的走近她的手肘。她攤開手掌，平放在地上，好讓我們聞聞味道，甚至不介意讓我們用嘴巴咬一咬。她輕聲的和我們打招呼，一點也不聒噪，等到我們發出喵喵聲回應後，才繼續說話。對於她的表現，我覺得滿意極了。

一會兒後，她撐起身體，傾身向前。我竟然緊張得開始發抖。她會從我們四個裡面帶走誰？是我嗎？天哪！我好希望被她選上。她會選中我嗎？

耶！她果眞選上我了！

她用一隻手將我捧起，另一隻手的手指輕輕撫摸我背上烏黑的毛髮，大拇指則撥弄著我腹部雪白的細毛。她用鼻子磨蹭我的小臉，然後用半合的手掌順著我的尾巴往下滑。每聽到我喵一聲，她的臉上就堆積了更濃的微笑。

她沒開口說話，只是溫柔的撫摸著我，可是我卻感到我們心靈相通。我用稚嫩的叫聲回答她：「是的，我也很高興被你選上。」

「你眞漂亮，」她對我說，「漂亮極了！」說話的語調，讓我覺得心花怒放。她站起來，離開房間。我實在等不及她回來。我期待已久的時刻終於來臨了。

趁著這段等待的時間，媽媽再次叮嚀我有關貓與人相處的重要事項。記得在不久前的一個夜裡，我們全都睡在媽媽溫暖柔軟的懷裡，她一面細心將我們的毛髮梳理得光亮柔順，一面輕聲的在我們耳旁哼著搖籃曲。那是一首從古老祖先流傳下來的貓之歌。這首歌再次在我耳旁響起。

動靜皆優雅，
毛髮光又亮。
洗洗臉，伸懶腰，
我噓，我嘶，我咕嚕咕嚕，喵嗚喵嗚，
我從早到晚喵喵叫。
粗鄙莽夫我蹙眉，
雜毛野犬我不屑。
盯上的獵物別想逃，
手到擒來兩、三秒。
來無影、去無蹤，
沙發爪痕好幾道。
人類若要和我住，

乖乖聽話最重要。

這首歌謠傳承著貓族的優秀血統，我們才是統治者，天生就要被人類服侍寵愛。這就是我的宿命。

不久後，我們就一塊兒離開這裡。不知道我們的家是什麼樣子？不過我相信，「我的人」會努力的討好我。她選擇了我，如同我也選擇了她。

嬉戲
Playing

「我的人」把我帶到一棟雙層建築樓頂的小套房裡。到這兒的第一天，我四處探索觀察，發現了好幾個可以打個瞌睡或者躲起來的隱密小地方。

「我的人」還不錯，她會定時弄飯給我吃，也沒忘了在水盆裡加滿水。不過像我這樣尊貴高雅的小貓，吃飯時怎麼可以被人盯著看？每當她靠得太近，而我正準備吃飯時，我就會停下動作往後退，然後坐下來，把頭撇向其他的地方。如果她還站在那兒不走，我索性就不吃了，轉身離開。這種訓練方法很快的就讓她學會什麼時候該退下。

吃飽後，我會拖著一條線到她面前。這時她會拿起它，讓線頭離開地面然後畫圈圈。我又蹦又跳的想抓到在半空中晃動的線頭，我愛極了這種遊戲。接著她也開始在屋子裡亂跑，我當然緊追在後，試著用嘴巴咬住這條刁鑽的傢伙。

不一會兒，「我的人」似乎放棄了這條線，把它丟在地毯上。我立刻將線拖到椅子旁，眼睛仍緊盯著她，猜想接下來她又會有什麼舉動。果然，她趴了下來，躡手躡腳的朝我爬了過來。她居然偷走了我的線！搶回來！搶回來！人、線和貓的室內追逐大賽又再次展開，直到我們都累到躺在地上爲止。

有些時候，「我的人」會拖著一條小地毯從我的面前跑過。一旦我抓到它的流蘇邊飾，地毯就會開始左右晃動。哼！想從我的爪下掙脫？哪有這麼簡單的事。

還有一個好玩的遊戲，我叫它爲「紙袋探險」。「我的人」有時會拿出一個裝了小盒子、小罐子的褐色大紙袋，然後把它放在地上，等著我進去一探究竟。正當我繃緊了神經，小心的探頭進入這個神秘黑暗的大山洞時，什麼東西突然彈了紙袋一下。「噠」的一聲，害我嚇一跳。就在我試著找出聲音傳來的源頭時，紙袋另一側又響了一聲。玩著玩著，最後我竟在紙袋中睡著了。

晚上我們會在床上玩。「我的人」把手藏在床單下，假裝是隻老鼠般的跑來跑去。每當這隻老鼠鑽向我時，就會被我一掌擊中。我跳起來踩在它的身上，抓住它咬它的頭。無論它怎麼偷襲我，都一定會被我擊退。不用說，每次贏得最後勝利的都是我。

白天時，「我的人」會去一個叫做「學校」的地方。爲了打發這段她不在的時間，我四處探險，鑽進她刻意打開的每一個抽屜，或者澆花用的空水壺裡。我才發現，她的床底下竟然積了那麼多灰塵。要不然，我會鑽進地毯下，製造出高低不一的小山丘和溝渠。

「我的人」回家時，發現燈罩歪了，地毯也被推擠到牆角，但是她從來沒抱怨過。她先將燈罩扶正，把地毯移回原位，然後溫柔的抱著我，告訴我今天發生的所有事情。但是我還小，聽不太懂人類的語言，只知道內容大概與人類的小孩子有關。隨著她輕柔甜美的聲音，很快的，我就進入夢鄉。

「我的人」並沒有爲我取名字，因爲她相信早在我還在母親的肚子裡時，母親就已經替我想好了名字。她只是耐心的等我告訴她。所以在我們一塊生活的第六天時，我將頭靠在她的肩上，輕輕的對她說：

當「那塔莎」看到我的第一眼，
便輕柔的在我耳邊唱著這首搖籃曲，
現在我唱給你聽。
我是達辛妮亞，最甜美的達辛妮亞。
從天而降的喜悅生命，
最甜美的達辛妮亞。
一身潔淨的黑白花色，
最甜美的達辛妮亞。
我將分享我的喜悅，
給視我如珍寶的你，
我是甜美的達辛妮亞。

一等我唱完這首搖籃曲，「我的人」便抱起我，溫柔的在我額頭上吹了口氣，然後說：「達辛妮亞？多甜美的名字啊，這個名字再適合你不過了。」我用腳掌輕輕的拍了她的臉頰一下。「我知道，我選得很棒吧。」

「我的人」暱稱我爲「達西」，每當她發出這個聲音時，我就知道她在找我。她對我說，我們是永遠的朋友。不過我知道我們的關係才不是這樣，她是我的僕人，而我是女王。

牢騷 Discovering Our Foibles

「我的人」對我很好，不過還是有一件事讓我不太滿意。那就是每當她和朋友提到我時，總會說：「這是我的小貓咪。」我不是「她的」貓，我並不屬於她。事實上，我不屬於任何人。相反的，她才是「我的人」，她屬於我的，而我就是我的主宰。媽媽從小就這麼教導我們，現在我也該糾正她，正確的說法應該是：「這是隻和我住在一起的貓。」

身為一隻那麼優秀的貓，我覺得糾正她的想法應該不是件難事。她不也常對我說，我是如此的特別，是她所見過最漂亮、最聰明的小貓嗎。若不是這樣，當初她又怎麼會對我一見鍾情呢。

我總能逗她開懷大笑。記得第一次聽到她的笑聲時，嚇得我立刻躲在冰箱後頭。後來我才知道，原來這種聲音代表著她很快樂。她經常笑著對我說：「達西，我從來都不知道原來小貓那麼好玩，早知如此，幾年前我就該養隻貓作伴了。」

聽到她充滿愉悅的聲音，我也跟著快樂起來。現在，每天逗她笑，已經成爲我生活中最重要的事。

不過有些聲音卻讓我害怕。第一次聽到吸塵器怪獸發出的吼叫聲時，我就被嚇得連忙躲起來。「那是什麼東西？」我渾身顫抖的問她。「我的人」馬上關掉吸塵器，然後溫柔的抱起我，一面撫摸著我，一面說：「別擔心，寶貝，沒什麼好怕的，我絕不會讓任何東西傷害你。」聽到她這麼說，我才放心。我相信她，我相信她會永遠愛我。

只有一件事讓我不放心，那就是「看醫生」這件事。有天下午，在沒有任何預警的情況下，「我的人」突然抱起我，然後走出門外，鎖上門。接下來我們就到了街上。

沿路經過了許多樹叢，看起來裡頭好像都很好玩。不過我只是乖乖的待在「我的人」的懷裡。沒多久，我們來到一排陌生的建築物前，「我的人」帶我進入一間充滿怪味的房子中。我聽到許多可憐的動物發出陣陣呻吟聲。

「我的人」在一張椅子上坐下，而我嚇得不停的發抖。我心裡不停的想：「這是哪裡？爲什麼有這種奇怪的味道？我們身旁的動物爲什麼也是一臉害怕的神情？」

一會兒，有人招呼我們進入一間小房間裡，裡頭擺著許多奇怪的瓶瓶罐罐。「我的人」把我放在一張冰冷的金屬檯上。我緊張得全身發抖縮成一團，耳朵貼著後腦勺，背上的毛全部豎起。雖然這時「我的人」的手仍不斷的安撫我，可是我心裡還是怕得要命，不曉得接下來會發生什麼事。

有個男性人類抱起了我，開始在我身上東摸摸西瞧瞧。我生氣的對他發出嘶吼聲，可是他一點也不以爲意，居然還保持著微笑。儘管我一直想用爪子抓他，左右甩動的尾巴也顯示出我的不滿，但他仍然稱讚我是隻漂亮又健康的小傢伙。聽到他這麼說，我才稍微放下心來，至少他也懂得欣賞我的優點。不過一想到怎麼會有正常人喜歡待在這種充滿怪味又嘈雜的地方時，我又開始緊張起來。我怎麼能相信這種人？

等到他把我放回金屬檯上，「我的人」就在我耳邊低語：「達西別

怕，這位是『獸醫』，他不會傷害你的。他只是想幫你打個針，這樣你才不會生病，我們就可以一直快樂的生活在一起了。」

「打針？」這句話不知道代表什麼意思。不過想到可以一輩子不離開「我的人」，我猜想應該不是件壞事吧。我看到一根尖尖的針，從一個小瓶子裡抽出一些液體。「我的人」抱著我，接著我的背後突然感到有些刺痛，還好，不舒服的感覺很快就消失了。

「我的人」把我捧到她面前，用臉輕摩著我的身體，然後說：「已經打完了，達西你好棒啊！你眞是隻勇敢的小貓。這是你第一次打針哦。」

沒多久，我們就離開這個令人討厭的地方。原本我以爲再也沒機會看到那個所謂「獸醫」的傢伙，沒想到日後每年，我們都還得往獸醫院跑一趟，眞是令人生氣。不過每次我都會發出嚴正的抗議叫聲，好讓這裡的人知道我才是老大，同時也讓「我的人」知道，我一點也不喜歡來這個鬼地方。

公寓外的院子裡種了許多花草樹木，我最喜歡在矮樹叢間探險。不過第一次來到這個像森林一樣大的地方，我始終不敢離開「我的人」太遠。我小心謹慎往前探索，若是發現「我的人」沒跟上來，就會立刻停下腳步，快速返回她的眼前。後來她乾脆坐在門前的台階上陪我，要我放心的去玩。

眼前花莖茂密，枝葉遮天的樹叢，對我來說就像是座深不可測的叢林一樣大。我的尾巴像天線般的豎起，四肢僵硬得不知是否該繼續向裡頭走。我緊張的拱著背，緊縮每根汗毛，放大瞳孔，準備好應付任何突發狀況。不過我的後腳卻有些不聽使喚，居然跑得比前腳還快。看到我在花徑間的踉蹌滑稽行爲，「我的人」忍不住笑出聲。

從此以後，每天我們都會來這座叢林探險。我總會發現新的躲藏地點，然後弄得渾身灰頭土臉的，回到一直坐在台階上等候的「我的人」身旁，再花上一整個下午的時間，慵懶的重新整理儀容。

向高聳的大樹挑戰，是我做過最勇敢的事了，雖然第一次挑戰的結果不算很完美。當我爬到高處的樹枝上，卻發現不知道該怎麼爬下來時，還是忍不住慌張的叫了出來。「我的人」聽到我的求救聲，連忙跑到樹下。

她發現我進退兩難的處境後，馬上搬來一個梯子，把我從樹上救了下來。不過從此以後，我學習用尾巴保持平衡，再也沒有一棵樹難得倒我。

有時候，「我的人」會躺在樹下，看著我爬上樹梢。要不然就是趴在地上，看我又在樹叢裡發現什麼新奇的事。我總會找到更多可以玩躲貓貓的新地點，不過每次我都會回到她身邊，而她也總是用溫柔的聲音歡迎我回家。

一塊兒遠行
Journeying Together

有一天，「我的人」突然離開家。幾個小時後，她從一輛會噴出難聞的臭氣，發出嘈雜低吼聲，還會在車道上尿尿的金屬怪獸裡出來。她叫這個怪獸「汽車」。不久後我就發現，原來這個會散發高熱的怪獸，能用很快的速度在路上奔跑，好把我們從一個地方載到另一個地方。

第二天，家裡來了兩個粗壯的男性人類，他們把屋子裡的東西一一搬走，留下「我的人」和我在空空的屋子裡。還好，之前我找到的躲迷藏地方，並沒被他們搬走。那天晚上，「我的人」把睡袋鋪在地上，我們就這樣過了一夜。

隔天一大早，「我的人」便把我帶進她的車內。在汽車後座，她放了我便便用的砂盆、一碗水，以及放貓餅乾的碗。考慮得很周詳吧？才不呢！其實帶一隻小貓出遠門，她要學的事情還多得很。

我們就此離開這個被稱爲俄亥俄州德通市的地方。路上，她打開收音機，不過傳來的噪音卻吵得我無法好好休息。同時，她還搖下車窗，呼嘯而進的風，更是讓我心煩意亂。我從後座跳到她的腿上，她馬上把車窗關上。

過了一陣子，車裡的溫度愈來愈高，我也覺得愈來愈難以忍受。然而她就這麼一直開、一直開，根本沒打算停下車，好讓我伸伸腿，或者躲在樹蔭下打個盹兒。爲了讓她知道我有多麼不舒服，我從座椅爬到她的腿上，對著她喵喵叫。沒想到她只是用熱呼呼的手摸了摸我的背，卻完全沒有停下車的意思。我叫得更大聲了，同時還把頭鑽進她的胳膊下。

她終於了解我要幹什麼，立刻把車子停在路邊的一棵大樹旁。一等到「我的人」打開車門，我就衝到樹蔭下。她弄來一些新鮮的水，喝了清涼的水後，我才覺得好過點。看見我舒服的閉上眼睛，「我的人」不斷的小聲在我耳旁道歉：「達西，眞是對不起，我忘了車子裡很熱。接下來只要再趕一點點路，我們就可以找個地方過夜了。」

第二天，我們繼續朝著明尼蘇達州的靜水城北行，「我的人」有朋友住在那兒。這次，她沒忘了經常停車讓我休息休息，也讓我能好奇的四處聞聞看看。此外，她還在車窗上貼了什麼東西，如此一來，太陽就不會直接曬進車內，我睡得也比較安穩。她的體貼照顧讓我覺得很滿意，就是因爲這份眞誠的關愛，讓我在接下來的旅程中，即使遇到可怕遭遇時，仍深信她是愛我的。

在「我的人」的朋友家待了幾天後，我們再度啓程，往東開向新罕布夏州。爲了躲避從前擋風玻璃照進的光線，同時也能看到跟在我們後頭的車輛，我從前座跳到後座休息。我們這趟旅程的夢魘——橫渡密西根湖，也即將在隨後發生。

當我們離開靜水城時，天色已經很晚了。到達港口邊時，有個男人正把最後一輛車子趕進渡輪中。他的口氣顯得很不耐煩，要我們趕快把車子開上那條搖搖晃晃的小坡道。「我的人」在他的指揮下，緊張的把車子一吋吋開進船腹中。

船裡另外有個人，要她把車子停好，然後趕快離開。沒想到「我的人」居然就慌慌張張的關上車門，把我單獨留在車裡面。天啊！她居然忘了我？居然忘了我！我孤獨無助的留在黑暗的車裡，我害怕得全身縮成一團，整個大地都在左右搖晃，固定車輛的鐵鍊撞擊聲更令人毛骨悚然。我怎麼會這麼倒楣？天底下所有的倒楣事都被我碰上了！

四周陌生的噪音讓我極度害怕，心裡更是擔憂，不知接下來還會發生什麼事。我忍不住哭了起來，我的命怎麼那麼苦啊？

這樣恐怖的時間不知道過了幾個小時，突然有個身影跳進車裡。引擎啓動聲打破死寂，接著車子慢慢爬出船外，我則不停的在座位下低吼。

等到車子一上岸，「我的人」立刻衝進車內，四處尋找我的蹤影。可是我仍是嚇得動也不敢動，縮成一團毛球，躲在椅子下。

「達西？達西？你在哪裡？」她著急的一邊哭一邊叫我的名字。

「達西？你不可以不見了啊！你在哪裡？」她不斷用顫抖的聲音尋找我。

「我對不起你，我竟然忘了你。但是我實在太緊張了，那個男人好兇啊，他一罵我，我的腦海裡就一片空白，才會忘了你還在車裡。求求你趕快出來，求求你，你一定還在車子裡吧？」

最後，她終於看到躲在椅子下的我。她想把我抱出來，可是我緊抓著地板，怎麼樣都不肯放手。她嘆了一口氣，只好先坐進來，把車開上路。一路上，她仍不停的向我道歉，說她不應該把我單獨留在車裡頭。

「我實在對不起你，達西。我從來沒把車子開進渡輪的經驗，根本不知道該怎麼做。不過我保證，再也不會犯同樣的錯，我再也不會離開你。」

偶爾，我會喵個幾聲作為回應，而她仍是喃喃地抱歉個不停。

一陣子後，我終於願意從椅子下出來，坐在「我的人」旁邊。沒錯，她曾經拋棄了我。但即使我被孤單的遺棄在可怕的渡輪中時，我的心裡仍然掛記著她。我相信在這個世界上，再也找不到比她更適合我的人了。

生命中的每一天

Establishing Routines

三天後，我們終於抵達新罕布夏州的新家。搬進這間大公寓後，我們的生活作息總算固定了下來。一星期中，「我的人」有連續五天的時間需外出工作，剩下的兩天則待在家裡陪我。

每天晚上，她都得批改中學生的作業。不過儘管如此，我們還是常一起玩。有一種遊戲她稱之爲「寫字」，她拿著一枝黃色鉛筆在紙上動來動去，而我則想辦法用腳掌抓住這個六角形的棍子。爲了逃避我的追捕，她會左右閃躲。不過我的獵捕技術總是略勝一籌。

玩累了，我就直接在桌面上找個地方，靠著她的手臂打個盹兒。睡飽後，我先伸個懶腰，舒展一下四肢，然後假裝漫不經心的走到她面前，一屁股坐在紙上。這時，她一定會停下手邊的工作和我說話。

她的聲音輕柔悅耳，她一面告訴我今天學校發生的事，一面搓揉著我的背毛。我感覺得出來，她並不喜歡在新學校裡工作。她對我說：「達西，這邊的學生不喜歡我的教學方法，我想導引他們自己找到問題的答案，但是他們反而以爲我很懶惰。」

聽她這麼說讓我覺得疑惑，客觀的來說，我覺得她是個滿不錯的人類，會逗我笑，又會說故事或唱歌給我聽。而且從來不會在我想睡覺時打擾我。

這個新家也算不錯。當「我的人」外出時，她會刻意留下一扇窗戶開著，好讓我能自由進出，到馬路對面的樹林裡探險。我可以自由自在的在陽光下打個盹兒，或者享受打獵的樂趣，即使「我的人」不在家，我也還是有很多事可做。不過只要一聽到她車子從老遠傳來的聲音，無論我在哪裡，都會立刻從樹林裡、床底下或者空盒子裡跑到門前，迎接「我的人」回家。

我也常會做些令她驚喜的事，例如帶著狩獵的戰利品回家。有一次，我叼著一隻小鳥從窗口跳進屋內。我張開嘴後，小鳥就在屋裡亂飛。等到「我的人」回家一打開門，鳥兒立刻奪門而出，嘴裡還不停的吱吱叫，好像也在歡迎她回家一樣。

我曾經抓了兩隻松鼠回家。這些小傢伙的膽子還眞是小，一放進屋子，就開始四處逃竄。「我的人」見狀便會拿個袋子把牠們抓起來，然後放回室外。

對於她的行爲，我覺得實在無法理解。那些動物是我送給她的禮物，就像是她送鮪魚罐頭給我一樣。我把這些禮物吃了，她爲什麼沒吃掉我送的禮物呢？

但她在看到我送的禮物時，卻又顯得很高興。她總會欣悅的對我說：「達西，你眞厲害，你一定是全世界最厲害的獵人。」

通常我在抓到獵物後，就會把牠們吃掉。這些毫髮未傷，仍然活蹦亂跳的獵物，是我特別留下來送給「我的人」的。她雖然從來沒吃過這些獵物，不過卻會滿屋子的追逐牠們。她的反應看起來，似乎也是樂在其中。

「我的人」也會和我玩躲貓貓的遊戲。有時聽到她從學校回來的開門聲，我會一溜煙的躲到廚房或者沙發下。我最喜歡的躲藏地點是客房書桌

下的一排空紙箱後。

聽到她尋找我的腳步聲從這間房間走到那間房間，我滿心期待的屏息以待。她一面找我，嘴裡一面喊著：「達西，我來嘍！你躲在哪裡啊？」

她的聲音愈來愈接近，我緊張得開始發抖。

「達西，我看到你了！」話一說完，她突然掉頭就跑，現在換成我來追她了。我早就知道浴缸是她最喜歡躲的地方，只不過爲了玩久一點，我都故意先從別的房間開始找。

最後，我走進浴室時，看見浴簾被特意拉上一半，就知道她一定又躲在裡頭了。我用前腳搭著浴缸邊，探頭看著仍不自知已經被發現的她。我輕聲的跳上浴缸邊，然後喵的一聲說：「哈！我也找到你了！」她才剛抬起頭，我早就溜得不知去向。現在又換成她來找我了。眞是好玩的遊戲！

忍受孤獨

Enduring Loneliness

我從小貓慢慢變爲成熟母貓的這段歲月，生活可說過得十分舒服快樂。「我的人」愛我，經常會餵我吃美味的鮪魚，也沒忘了保持貓砂盆乾淨。她會陪我玩，梳理我的毛髮，同時讚美我是她所見過最棒的貓兒。我想，這種愜意的生活應該會一直持續下去吧。

直到有一天，她突然莫名其妙的拋棄我，讓我獨自過了兩個孤獨無聊的白天，再加上兩個悲傷焦慮的夜晚。我才發現生命並不如我想像中那麼美好。

那天早晨，她如同往常般的離開家門，我以爲稍晚她就會回來。等到她該回家的時候仍看不到人，卻出現另一個陌生人類來打理我的晚餐時，我才開始緊張起來。「我的人」呢？她怎麼沒有回來？

繼上回被拋棄在渡輪的事件後，我居然再度被她遺棄。整整兩天兩夜沒見到她的蹤影時，我不禁開始擔心，是否再也看不到她。難道從此以後，我就成了孤兒了嗎？

雖然來家裡照顧我的人也對我很好，聽到我不安的叫聲，她會溫柔的把我抱進廚房，餵我吃東西，輕聲對我說話。可是她不是「我的人」。「我的人」到哪兒去了？她不愛我了嗎？我實在太難過了，以至於忘了謝謝這位照顧我的陌生人。我不得不承認，我好想「我的人」，我需要她陪在我身邊，我也相信她的生命中不能沒有我。

第三天的傍晚，當聽到熟悉的汽車聲開進車道時，我耳朵立刻豎了起來。她回來了！她終於回來找我了！我大聲的叫，好將積壓在心裡的所有怨氣及喜樂，全部宣洩出來。

她快步的跑上門前台階，一看到我，也情不自禁的笑出聲。「達西，我好想你啊！分離三天對我們來說實在太長了。」

我衝進她的懷抱，不停的用頭磨蹭她的臉，同時發出有史以來最大聲的撒嬌聲。她回家了，我再也不用擔心會不會變成孤兒了。我完全沉醉在她的撫摸和輕聲細語的甜蜜中。

她把我帶進臥房，抱著我倒在床上。我繞著她的身體，從頭到腳不斷的又聞又舔。我用毛茸茸的臉摩擦她光滑的臉，在她下巴摩擦我的後腦勺，腳踩著她柔軟的身體，用手搓揉她的衣衫。「我的人」回家了！

她一面撫摸著我的下巴，一面快樂的哼著音樂。她對我訴說這三天都跑到哪兒去了，同時不斷的唸著我的名字。「你是誰啊？你是誰啊？你是不是達西？你是不是我的小寶貝？」

即使時間過了好久，我仍捨不得離開她的目光注視。直到我眞的睏得受不了時，才在她的身上躺下，然後立刻進入夢鄉。自從她離家以來，這是我睡過最安穩的覺。很快的，她也睡著了。稍後我們醒來，她餵了我吃些東西。然後再回到床上，蜷縮在一條毯子下，而我則依偎在她的頭旁。一整夜我都睡得十分香甜，所有的焦慮與恐懼全都抛到腦後。

雖然如此，我對她的依戀卻讓我感到疑惑。沒錯，我很愛她，可是我還是有我的原則。她絕對不可以隨便的離開我，這種錯誤絕對不可再犯。我必須再次提醒她，我才是主人，她是我的僕人。爲了讓她學會在未來的日子裡該如何服侍我，看樣子，我得教教她貓的六種基本命令。

給她上個課

Training Together

由於之前我和人類在一起的生活太愉快了，才會忘了孩提時媽媽的告誡。她告訴我們，貓族的命令不容質疑。我太縱容「我的人」了，結果導致她沒把我的命令當一回事，沒好好聽話。現在是我該重新管教的時候了。

對於人類這種愚笨的動物來說，想理解精緻又深奧的貓語這件事，實在顯得太勉強了。恐怕在我有生之年，都無法教會「我的人」學會貓語。但是為了確保在未來的歲月裡，她能夠好好的服侍我，我必須找出一種簡單又易學的訓練方法。也就是說，我得盡可能精簡我豐富多變的叫聲，微細的肢體語言和臉部表情，以及鬍鬚的波動。我只要動一動屁股上那根黑色指揮棒，她就得知道接下來該怎麼做。

我打算先從六種最基本的命令開始訓練。這六種不同的命令，結合了叫聲和尾巴姿勢的細微變化而成，也就是說，我只要改變一下尾巴舞動的動作，或者換種叫法，她就能了解我在想什麼。不過這六種命令屬於我和「我的人」之間的秘密，不能在這裡說得太清楚。

舉例來說，雖然她總會留下一扇窗半開著，好讓我自由進出室內，不過有時我偏偏想從正門走。這時，第一個命令就派上用場了。我會坐在門口，然後對她說：「我要出去。」自從我這麼做之後，一連過了好幾天，她終於聽出這句話和其他時候的叫聲不同。諄諄教導總算能開花結果，以後一看到我坐在門前，發出這個口令，她就會迅速衝到門前，打開門讓我出去。

這種訓練繼續一段時日後，我甚至不需走到門口，只要走到她面前，發出要出去的叫聲後，她便會立刻放下手邊的事，把我抱到門前，然後打開門。

不過門雖然開了，我並不會馬上跨出門檻。我得先探頭看看外面，聞一聞周遭的氣味，好提防一種只會流口水、粗野下流，又愛亂叫的野獸埋伏在附近。這種被人類稱爲「狗」的東西，有著十二吋長的牙齒，總喜歡向我的威權挑釁。我仔細觀察後，才決定今天是否要外出。而一個訓練有素的人類，這時會乖乖的在旁等候。關於這一點，「我的人」就被我調教得很成功。

既然出門了，第二個命令當然是「讓我進來」。通常發出這種命令時，我都會用一種彷彿遭受極大痛苦的驚慌叫聲表示。一聽到我這麼叫，「我的人」會用飛奔的速度衝向門前執行命令。表現得不錯吧？只不過第一次這麼做時，她開門的動作太激動了，害得我的頭被迎面而來的門撞了個包！眞糟糕！

被我好好罵了一頓之後，「我的人」不斷的爲自己粗手粗腳的行爲道歉，並且表示以後絕不會再犯同樣的錯誤。後來她學會只需將門打開一條縫即可。待我從門縫鑽進來後，她就自動將我抱起，然後走到裝滿食物的碗旁放下。

是的，第三個命令與食物有關。我只要搖搖尾巴，皺個眉頭，然後說：「我要吃飯。」她就會立刻準備食物給我吃。嗯，這項命令實在好用。只可惜偶爾她的廚藝會失靈，做出淡而無味的食物。

由於我愛冒險的個性，我經常感到口渴。所以第四個命令就是要她拿水來。當我到了任何一個沒放水碗的地方，卻想喝水時，只需歪著頭看她，然後充滿期待般的將尾巴捲起，發出一連串簡短間斷的輕叫聲，不用多久，救火隊就會迅速到來。

第五項命令是「摸摸我」。這個命令看似簡單，其實卻包含了另一種不同的意思，就是「別煩我」。怎麼說呢？在訓練期間，有時我會跳到「我的人」的腿上，轉幾個圈，並且用前腳揉了揉她的大腿，準備找個舒服的地方好好小睡一下。她老是習慣不請自來的開始替我搔搔癢。哼！多管閒事！這時我會馬上起身跳到地上。

過了一會兒，我重新跳到她的腿上。這次我會發出咕嚕咕嚕的聲音，用頭頂她的手，將尾巴盤在身體旁。她再用手梳理我的毛髮時，我表現出一副享受的模樣。這次我沒走開。看得出兩者間的不同吧？沒錯，久而久之她就學會了，沒有我的命令，不要隨便替我搔癢。

如此一來，在我想睡覺時，才不會受到打擾。不過雖說如此，有時候我明明在她腿上睡得好好的，她還是有一股想摸摸我的衝動。那麼重的手放在身上，怎麼可能還睡得著？我若不是馬上從她的腿上跳走，就是不甘願的開始梳理被摸過的毛髮。不好教吧？不過爲了能好好睡個覺，我非教會她不可。

最後一個命令就有趣多了。有時候我想讓她的指尖搔搔我的下巴，就會擺出特有的姿勢，發出一聲長長的喵聲。接著我會用下巴在她手上輕摩，同時將尾巴緩慢的向前後搖擺。很快的，她就了解我的需求，開始替我抓抓癢。這時，我總會舒服的抬高下巴，喉嚨發出咕嚕咕嚕的滿足叫聲。

除了這六種有聲音的命令外，「我的人」還需學會其他無聲的命令。有時候我並不會發出「我要出去」的命令。相反的，我只會像雕像般的靜坐在門前。這時不需我開口，「我的人」也學會了應該打開門，讓我出去。

另外一種無聲的命令叫做「打開抽屜讓我進去瞧瞧」，這個命令她也是很快就學會了。怎麼訓練的呢？很簡單，我先坐在想要鑽進去的抽屜前，然後轉頭凝視著「我的人」，等到她發現我在看她後，再將目光轉回抽屜。很快的，她就會走過來拉開抽屜。別小看貓的沉默，它可是深具影響力哦。

在所有的訓練課程中，我始終抱持著同樣一個信念：「我是老大，只有我才能發號施令。」當「我的人」叫我時，我甩都不甩她。「達西，請你現在就過來。」這幾個字我聽得一清二楚，不過只會輕描淡寫的動一下耳朵，表示她找我的訊息已經被接收到了。

不過我的身體還是靜靜的待在原處。覺得時間差不多後，我才慢慢的站起來，先伸個懶腰，整理一下儀容，左右擺了擺尾巴，然後再踩著優雅的步伐，徐緩的走近「我的人」。是的，這就是我的風格。

重創

Encountering Pain

我們在一起的第一個秋天，發生了一件讓我的外貌永遠改變的悲劇。那天早晨，我好奇的鑽進房東停放在門前的車底下，那個陰暗又瀰漫怪味的地方讓我覺得昏昏欲睡。突然間，車子發出隆隆響聲，並且開始震動。我感到一陣劇痛，接著就失足掉到車道上。我發現我的尾巴拖在地上，只剩下一撮毛髮和一層皮連在身體後頭。又痛又驚恐的我，只想趕快躲回「我的人」的床上。血跡斑斑的棉被下，我無法克制的顫抖不停。心裡只盼望著「我的人」趕快回來，或許在她的安撫下，我就會從這場可怕的夢魘中醒來。

漫長的等待中，時間好像永遠過不完。好不容易我聽到她開門的鑰匙轉動聲。我蹣跚不穩的走到廚房迎接她。

「嗨，達西，你今天過得怎麼樣啊？」

我痛苦的從喉嚨裡擠出一聲呻吟。這時候，「我的人」才看見拖在我身後的尾巴。

「天哪！發生什麼事了？」她失聲哭了出來，「你一定痛死了，我一定要趕快帶你去醫院。」

她一把抱起我就往門外跑，我不安的在她的臂膀裡掙扎。我再也不要靠近汽車這種邪惡可怕的怪獸，它把我害得那麼慘，怎麼能再相信它呢？

「我的人」一面開著車，一面對著懷裡的我輕聲說：「達西別怕，已經沒事了，我會保護你，我絕不會讓任何事傷害你。」

看到這個新獸醫的第一眼，我就知道他一定有問題。他要「我的人」看好我，以免我趁他準備藥劑時，從診療檯上溜掉。儘管「我的人」溫柔的抱著我，我的身體仍不聽使喚的抖個不停。這個獸醫不像從前在德通市的獸醫一樣，打針時他沒有先用手繃緊我的皮膚，卻只是用條毛巾蓋著我，然後突然就拿起針，從我背後刺了下去。

我驚嚇的從檯上彈了起來，然後落在地上四處找地方躲藏。我沿著牆緣衝向角落的櫥櫃，除了拖著一條完全沒有知覺的尾巴外，剛才的針

頭還搖搖晃晃的刺在身上。隱隱約約我仍聽見「我的人」的怒罵聲：「你這個笨蛋！你看你做了什麼好事？你不知道達西會痛嗎？你有沒有毛病啊……」不久後，我就暈了過去。

等到我慢慢清醒時，發現自己躺在一個充滿怪味的金屬籠裡。而我自己也臭得很。我勉強的站起來，想梳理一下自己的毛髮，這時才發現，我的尾巴已經不見了。

就這樣昏昏沈沈的在籠子裡孤寂的過了一晚。到了白天時，仍不見「我的人」出現。我不禁又開始慌張了起來，我該不會將在這鐵籠子度過餘生吧？這裡的食物難吃極了，空氣的味道臭得很，更不用說附近還有那麼多卑劣的狗輩不停的吵鬧。我難道再也見不到「我的人」了嗎？

好不容易她終於出現了，我實在太害怕了，以致於看到她時連個招呼都忘了說。只希望她趕快把我帶離這個又臭又吵，充滿痛苦回憶的可怕地方。聽到我不安的微弱叫聲，她不停的輕聲在我耳邊訴說著：「達西，我愛你。我很難過你失去了尾巴。不過就算如此，你仍然是全世界最漂亮的貓。達西，我愛你。」

寂寞的聖誕
Celebrating Christmas Apart

初冬時，「我的人」又說要搬家了。坦白說，我恨極了搬來搬去，更何況要和兩個陌生人一塊住。不過她不斷的保證，新家的環境棒極了。「達西，你一定會喜歡那裡的。我們要搬到一個很大的農場，地方大得超乎你的想像，而且穀倉裡的老鼠也會多到讓你抓不完。此外，如果我們和另外兩位老師一塊兒住的話，還可以省下一些錢。這樣不是很棒嗎？」

顯而易見的，她實在不了解貓兒對於家的依戀。我們喜歡待在熟悉的地方，知道可以躲到什麼地方打個盹兒，或者到哪兒探險。熟悉的環境氣味，讓我們能完全掌握生活的節奏。

儘管我不怎麼願意搬家，但是到了新家後，我不得不承認，「我的人」說的一點兒也沒錯。隱密的樹叢和其他可以躲藏的位置，還眞是多到發掘不完。溫暖的陽光中，飄散著一股讓人蠢蠢欲動的活躍氣息。生活在如此廣大的環境裡，日子一定充滿刺激挑戰。而且，這裡的老鼠果然是又大又肥美。

這是我生命中的第一個冬季，我已經從一隻小貓長大成熟，經歷了許多新鮮有趣的事。此外，我現在才發覺，「我的人」是個多麼善變的人。

有一天，她又開始整理皮箱。我橫躺在箱子裡，想讓她打消再度外出的念頭，不過她只是笑著把我抱到一旁，便回過頭繼續整理皮箱。我再度跳進箱子裡，不過她仍然不死心的把衣物塞進來。儘管我百般阻撓，最後她還是裝好了皮箱，把它放在門旁。哼！又要出門了。

隔天早晨，她帶著皮箱和我，一塊兒走進車裡頭。原來這次我也要跟著一起去啊？我雖然不喜歡搬來搬去，不過想到能和她在一起，心裡就沒有太多埋怨了。

然而事情的後續發展，和我猜測的完全不同。沒多久，車子就停了下來，空氣中充滿不同動物的體味。她把我抱下車，走進一棟矮矮的建築物裡。「達西，聖誕節我要到靜水城看些朋友，我要離開你兩週，不過我保證一定會回來。」

她輕輕吻了我的額頭，摸了摸我的身體，並用帶有歉意的目光看著我。不過我立刻把臉轉向一旁。「哼，我哪裡搞得懂兩週有多久，再說，我又怎麼知道你不會騙我？」

幾天過後，她仍然沒來接我回家。傷心的我實在不明白，她爲什麼會把我和這些被人遺棄的貓，以及不斷亂吠的狗放在一起？除了刺鼻的空氣外，被關在這麼小的籠子裡，害我晚上都不能外出遊蕩冒險。兩週的時間到底有多長啊？

這種悲慘的日子又過了幾天，我的食慾盡失。整天只是無精打采的縮在一角。當照顧我們的女人把牛肉罐頭放進籠子時，我連頭都不想抬一下。久未整理的毛髮又髒又亂，成天腦袋裡都在胡思亂想。

照顧我的女人看了不忍心，把虛弱且瘦削的我從籠子裡抱出來，一面梳理著我的毛髮，一面拜託我吃些東西。但是她並不是「我的人」，這裡

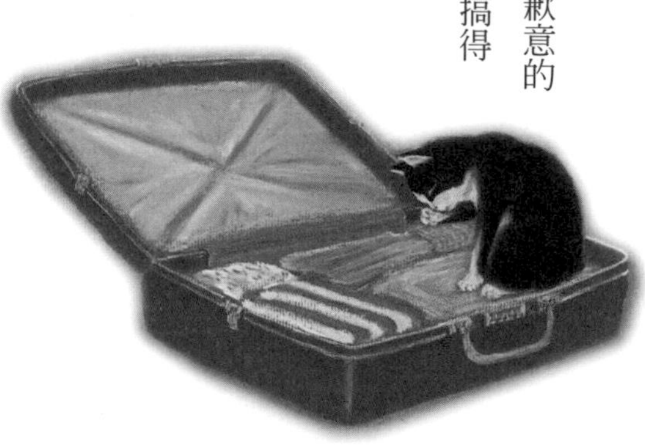

也不是我熟悉的家。我的表情滿是陰霾，我的身體日漸瘦弱。沒有「我的人」的生活，是哀傷又無意義的。想到我不幸的遭遇，我忍不住望著黑夜痛苦的呻吟：

我會離你而去嗎？
儘管你棄我於此，
刺鼻又狹小的囚籠。
不！我絕不遺棄你。
但我不禁要問，
難道是命運捉弄，
是你遺棄了我嗎？

不！我不相信她會這麼做，「我的人」不可能就這樣丟下我不管。我一定要堅強起來，我一定要勇敢的撐到她回來找我。雖然眼前的食物對我來說味如嚼蠟，但我非得吃幾口才有力氣。

有一天下午，我們終於再度相逢。當我被抱出籠子，帶到她面前時，我忍不住大聲叫了出來。「她回來了！她來接我了！她並沒有拋棄我！」

「達西！」她也叫了出聲，「達西，我好想你啊！」她先把我緊緊的擁在胸前，接著又把我舉起，深情的凝望著我的眼睛。「可是你怎麼變輕了？達西，你還好嗎？」

我片刻都不想離開她，所以又掙扎著投入她的懷裡，如同往常一樣爬到她肩上。太好了，「我的人」終於回來了，我不用再擔心自己會孤單的過日子。

她邊說邊笑的帶我上車。「達西，看到你眞好，離開你之後，我才發現我比想像中還要愛你。」她用拇指順著我的鬍鬚輕撫臉頰，一面搔著我的下巴，一面親吻我的額頭。

「達西啊，達西啊，照顧你的人告訴我，說你都不肯吃東西，說再這樣下去，你可能會死掉。」從她的語氣中，我聽得出她有多麼焦慮不安，聽得出她有多愛我。是的，我也一樣愛她。

回家的路上，我用前腳撐在她的胸前，不停的用臉磨蹭她的鼻子。

【2012 VOL.03・Freepaper】
大田新品快報

編輯病部落格http://titan3.pi
編輯也噗浪http://www.plurk
大田出版在臉書http://www.f
電話：(02)23696315
地址：台北市羅斯福路二段9

高木直子◎圖文
洪俞君◎譯

一個人去

馬拉松2年級生 2012年5

高木直子小檔案

以《150cm Life》成功打入台灣市場，至目前為止作品銷售超過600,000冊，開創了台灣圖文市場
材，細膩描寫日常的點點滴滴，每次推出新作品，就獲得讀者熱烈迴響。高木直子作品：《150cm
年級生》、《一個人吃太飽：高木直子的美味地圖》、《我的30分媽媽12》、《一個人漂泊的日子
祕境》、《一個人的每一天》，禮物書《Life is……》、《Flying is……》。

挑戰2 第一次參加越野路跑（好髒

net.net/blog
com/titan3
cebook.com/titan3publishing

號4樓之3

跑步

月 正式起跑

蹟，高木直子成為在台灣最受歡迎的日本圖文作家。她幽默而貼近生活的創作題
Life。1~3》、《一個人住第5年》、《一個人住第9年》、《一個人去旅行》(1-2
2》、《一個人去跑步：馬拉松1年級生》、《一個人暖呼呼：高木直子的鐵道溫泉

各位親愛的讀者，我的《一個人去跑步：馬拉松2年級生》全程42.195公里，你們知道嗎？我的成績進步了!!! 喔耶！這一次的新書，我還參加了接力賽，非常刺激，請再等一下下，五月跟大家見面~~~ ~~~

【內容搶先讀】

挑戰1 第一次和爸媽一起參加馬拉

「我的人」終於回來了。沒有她的這兩週，是我所經歷過最難熬的日子。比單獨待在渡輪裡可怕，比失去尾巴更痛苦，比我們從前任何一次遷移還折騰人。經歷了這次分離，我更清楚什麼才是我生命裡最重要的事。

和「我的人」朝夕相處了幾個月下來，我發覺我對她的愛愈來愈無可取代。一天的開始我需要有她作陪，結束時要和她道晚安。每天夜裡我的探險活動要從她的床邊啓程，沒聽到她的輕柔安撫聲我無法入睡。經歷了沒有她的日子，讓我更加確定她不能從我的生命中缺席。

永別了，我的寶貝

Discovering Loss

春天的腳步慢慢近了，我的身體也開始經歷一種前所未有的改變。周遭的人很容易就發現哪裡不同。這一陣子，在我身後總會跟著一群愛慕者。這些從農場附近各地集結而來的公貓，個個都殷勤的想和我約會。「我的人」在家時，我便將這些愛慕者帶回家，一一介紹給她認識。

這種介紹模式大致如下：我走向「我的人」，隔著幾步路，跟著一隻當日結交的新男朋友。我走到她面前時便停下來，轉頭看著身後的公貓，喵的一聲告訴她這位紳士的名字。這時，她會彎下身子，用手輕輕搔著我的耳朵，然後對這位愛慕者問道：「你好嗎？」

她都會禮貌的等對方回答後，才繼續說：「你的眼光眞不錯，達西可是我的寶貝，她帶給我很多歡樂。遇到這麼好的女生，可要好好珍惜喔。」

透過「我的人」的讚美，這位愛慕者可以更清楚的認識牠所追求的對象，是如此特別、聰敏。等到這位追求者了解之後，我才和牠到穀倉後頭聊聊。最後，我選擇了一位我和「我的人」都欣賞的追求者，作爲寶寶們的父親。

等到我懷孕後，這群原本十分殷勤的公貓們卻消失得無影無蹤。但是我一點也不在意，只要和「我的人」住在一起，我就感到很滿足了。春天到了，去年我差不多也是在這個時候出生的。

隨著肚子漸漸隆起，我的行動也變得更爲慵懶。從窗口斜射進客廳的溫暖陽光，總讓我覺得昏昏欲睡。睡醒後，便開始梳理自己的毛髮。小傢伙們在子宮裡蠕動著，激起我本能的母愛，我輕聲的唱著搖籃曲安撫牠們：

我要做媽媽了，

我將輕舔著牠們柔細的毛髮，
呼喚著牠們的名字，
回應牠們甜美的幼嫩叫聲。
我要做媽媽了，
我將帶著牠們蹦蹦跳跳，
告訴牠們所有關於壞狗狗的事。
我要做媽媽了，
我將教導牠們不動聲色的潛行技巧，
傳授貓語的神奇魔力。

很快的，我已經懷孕了兩個月。然而有一天，當我正爬上地下室的樓梯時，突然感覺腹部肌肉一陣收縮，接著就有個濕漉漉的寶寶滑了出來。我不明白發生了什麼事，只想到趕快找「我的人」來。我焦急的告訴她這件事，就如同上次尾巴受傷時的叫聲一樣，我想她會明白我在說什麼。

我領著她到地下室，回到剛產下寶寶的地方。寶寶沒有呼吸，牠太早出生了。「我的人」用張紙巾將牠包起，另一隻手抱起我，然後趕往獸醫院。

這個獸醫和上次偷走我尾巴的人不同，可是冰冷的金屬檯一樣讓我感到不安。我緊張得發抖，抬起頭對著「我的人」說：「別讓他傷害我。」她不斷的在我耳旁說：「別擔心，達西，我會保護你。」獸醫用手觸摸我的腹部，「他在幹什麼？」我不停的問。

獸醫把我交回她的懷裡，讓她先抱著我。「我的人」對我說：「沒事的，達西，你知道我愛你，別害怕，沒有人會傷害你，別擔心。」接著我又聽到獸醫說，我將失去所有的寶寶！所有的寶寶？

「我的人」把我單獨留下，我再次失去自由，被關在籠子裡。空氣中刺鼻的怪味，以及不停吠叫的狗，讓我覺得很不舒服。我不喜歡被陌生人抱著，我不喜歡離開「我的人」。

就在那個夜裡，我失去了所有的寶寶，牠們還沒出生就永遠離我而去。獸醫替我打了一針，之後我就沒有知覺。一覺醒來，原本鼓脹的腹部不見了，肚子上卻留下一段段黑線。就這樣又過了一天，到了第二天晚上，「我的人」才出現。我們沮喪的回到農場上的家，從今以後，我將再也無法懷孕，我再也無法擁有自己的寶寶。

望著寂寥的窗外，我喃喃低語著一首新歌，這是一首悲傷的歌，哀悼我逝去的孩子：

走了，
我親愛的孩子們都走了，
還沒出生就離我而去。
空虛，
我的身體和心靈都空虛，
我再也無法傳續古老祖先的秘密。

偉大的貓神
Meeting the Great God of Cats

日子一天天的過去，在獸醫院所經歷的不愉快記憶已漸漸淡褪。然而在春意盎然的田園景色襯托下，無法生育的悲傷卻讓我的內心顯得更加灰暗。直到某個夜裡，我和「我的人」經歷了一件神奇美好的事，使我對生命再度燃起新希望。

「我的人」每天從學校回來，在吃完晚餐後，都會和我一塊兒到外頭散散步。我們習慣沿著乾涸泥土上的車輪痕跡走走，或者優閒的在草原上漫步。這一天，等到我們散步到一處被伐木工人砍倒的樺樹林中時，四周的夜色已是十分昏暗。

由於人類的眼睛在黑暗的環境下就不怎麼管用，所以我始終走在「我的人」眼前，好讓我那能反射皎潔月光的雪白毛髮，引領著她不至於迷路。我會不時停下來，嗅聞路旁的野花、雜草或者石塊。

走著走著，我們來到路旁這處樹林中。被砍倒的樹影稀疏的落在地上，周遭一片寧靜。「我的人」坐在一棵大樹幹上休息，我則繼續探索附近的草叢。突然間，我有一種感覺，我對她說：「抱緊我。」

「我的人」立刻抱起我，她的臉頰貼著我。我們抬頭望著月光，享受這刻彼此合而爲一的感動。她不發一語，我的喉嚨發出滿足的咕嚕聲。

就在此時，一件神奇的事發生了。一陣強風突然颳起，掃過幽暗的樹林。大樹展開臂膀，想要擁抱這陣風，枝葉間沙沙作響。地上的草也低下頭，以示對自然之神的敬畏。一陣隆隆的低沉聲音在我耳旁響起，我馬上就知道這是貓的天神在向我說話。祂的尾巴盤繞著我的身體，輕撫我的毛髮，祂的慈愛眞理充滿了我和「我的人」。

很快的，這陣風便消失無蹤，灑滿月光的樹林裡仍是一片寧靜，彷彿什麼事都不曾發生過。不過我和「我的人」確實都聽見了貓神的低語，只是不明白祂的來訪有什麼特別的意義。我滿心期望的閉上眼睛，安詳的坐在「我的人」的腿上。誰都沒開口說話，但是彼此心靈相契。

原來偉大的貓神要送給我們一個禮物，這個禮物就是「巴力拜」。祂大概覺得儘管我是這麼特別，但是「我的人」還需要再多一隻貓作伴吧。

無論我能否理解貓神到底在想什麼，我都要感謝祂把巴力拜送給我們。牠是一隻差不多剛出生五星期的可憐幼貓。剛來的時候，不僅全身毛髮沾滿了泥土，滿臉眼屎加鼻涕，還有一大堆小蟲在耳朵裡爬來爬去。由於嚴重營養不良，和消瘦的臉龐比起來，眼珠子顯得特別凸出。儘管牠的外表是這麼可憐兮兮，但是看到牠的第一眼，我可是一點也不喜歡牠。只希望偉大的貓神發現自己搞錯了，趕快再颳起一陣強風，把牠給吹到別的地方去。

可是我的願望並沒有實現。

「我的人」先把這個小傢伙放在客廳的地上，好讓我聞聞牠。呃！牠眞是臭死了！接著抱起我和牠，一塊坐在沙發上。她耐心的向我解釋爲什麼要把牠帶回家，不過和這個又髒又臭的傢伙坐在一起，我哪有心情聽她慢慢講。

「達西，不知道是哪個狠心的人，把牠裝在袋子裡丟在樹林中，還好被一位好心的女士發現了。如果沒有人養牠，牠一定會死掉。你知道嗎？我們可以收養牠，而你可以教導牠生活禮儀。相信我，你一定會愈來愈喜歡牠，你們兩個一定可以相處愉快的。」

愉快？虧你還說得出口？這個小麻煩簡直會毀了我的生活！

沒等我把話說完，她便把巴力拜帶進浴室，而我也跟著過去一起看。洗完澡之後，她用條大毛巾把牠擦乾。眞是太神奇了，沒想到清洗乾淨後的小巴力拜，長得還挺可愛的。

等到「我的人」把巴力拜放在地上後，我便上前輕輕的舔舔牠。牠立刻發出咕嚕咕嚕聲，牠的小臉撒嬌的對我磨蹭。這個景象頓時勾起兒時對媽媽的回憶，母愛的天性也立刻軟化我原本排斥的心。

就在這一刻，我決定收養牠作爲我的小孩。

平心而論，巴力拜還眞是個聽話又乖巧的孩子。牠爲我們帶來許多歡樂，而且從沒替我們找過什麼麻煩。牠了解自己在這個家的身分地位，曉得我才是老大，所以從不會和我搶廁所，也不敢偷吃我碗裡的東西。謙和有禮的表現，讓我感到十分窩心。

我的年紀比巴力拜長一歲，體型力氣比牠強壯，不僅懂得如何駕馭人類，精通狩獵的技巧，行爲舉止也比牠優雅得多，所以我對牠並沒有太多苛責。再說，牠還是貓神送給我們的禮物，怎麼能不好好疼牠呢。

相處幾天下來，牠已經把我視爲導師。當牠溫暖的身子靠著我時，原本以爲再也無法傳述給後代的古老歌曲，原本以爲失去的夢，又漸漸的被喚醒。牠就像我曾經失去的孩子，現在又回到我身邊。

我倆經常躺在曬得到陽光的窗台下，慵懶的享受幽靜的農場生活。等到牠慢慢長大，能夠自己從窗戶跳出時，我便帶著牠到屋外探險。我告訴牠哪裡的老鼠最多，並且教導牠如何打獵。我幫牠改掉在壁爐灰燼中上廁所的壞習慣，免得每次都把自己弄得灰頭土臉。我教牠該如何整理儀容，免得長長的毛髮打結。

根據我一年多的豐富經驗，我讓牠學會該如何應付陰陽怪氣的獸醫，捕捉狡詐機警的老鼠，以及提防粗野沒教養的惡犬。

等到巴力拜再大一點時，我又試著教牠學習如何支使人類的六種命令。不過對於這項訓練，牠的表現始終不夠專注。再加上我失去了尾巴，無法親自示範微妙多變的身體語言，所以牠到現在還是沒學會。不過牠倒是自己發展出一套表達方式，會用眼神、鬍鬚以及前額的肌肉和人溝通。和我最大的不同是，牠的話實在多了些。每當「我的人」在家時，牠總是跟前跟後的喵個不停。無論她在打掃家裡，講電話，還是吃飯，巴力拜總是不停的告訴她，自己今天做了哪些事。

巴力拜幼稚滑稽的舉止總是令我發笑，牠眞可算是我們的開心果。不過對於「我的人」來說，似乎分不清楚我和巴力拜有何不同。我才是她的朋友，而巴力拜只是永遠長不大的孩子。

日子一天天的過去，生活在一起幾個月後，我們都愈來愈喜愛巴力拜。遺憾的是，牠在「我的人」心中的地位，似乎也愈來愈比我重要。回到家時，她一定會先抱起巴力拜，而巴力拜也會熱情的用舌頭舔著她的臉。要是我就絕對做不出這種事，我的舌頭可不是洗臉毛巾。她會溫柔的撫摸牠的毛髮，一遍遍的叫著牠的名字。當她批改學生的作業時，巴力拜會躺在最靠近她的位置。我們一起外出散步時，她會讓牠趴在自己的肩上。

哼！這有什麼好稀罕的，我才不會這麼諂媚的討好她呢。肩膀就留給巴力拜好了。

她喜歡抱巴力拜就去抱好了，我根本不想和她待在同一間房間。現在就算她輕搔我的下巴，我的喉嚨也不會發出愉悅的咕嚕聲。

讓她和巴力拜聊天就好，我才沒這閒工夫，穀倉裡還有好多老鼠洞等著我去討伐呢！

讓巴力拜躺在她的胸前好了，我比較喜歡睡在專屬我的藍色絨毛背心上，雖然說背心上有著「我的人」洗澡用的蘆薈肥皂味，以及嬰兒痱子粉香，或許這也是我喜歡它的原因之一，不過我只承認背心睡起來比較舒服。

讓巴力拜和她睡在同一個枕頭上好了，我睡在樓下的沙發上就好，我才懶得理你們這些傢伙。

沒錯，現在我誰都不需要，我自個兒就可以過得很好。對於你們的親密行爲，我根本是不屑一顧。再過一陣子，你們就會開始想念我了。

從此以後，我成天都在農場及穀倉附近巡邏殺戮，被我看中的老鼠絕對難逃一死。而且我再也不會和你們分享這些獵物，我抓到的就是我的。我將心中的孤寂情緒，全都轉變成怨恨的抗議聲：

永遠不夠！

我對她來說永遠不夠！

她竟敢帶來第三者。

巴力拜，貓神的禮物，
巴力拜，多討人喜歡，
我怎能拒絕牠？
我不能！
但她怎能不知道，
不知道我已經給了她全部的愛。

選擇孤寂 Coexisting

隔年夏天，「我的人」又帶著我和巴力拜回到靜水城。對於如何帶貓一塊兒旅行，她已是駕輕就熟。不時會停下車，讓我和巴力拜伸展一下筋骨，或者上個廁所。不過每當我的腳一落地，就會一頭鑽進路旁陰暗又濃密的雜草叢中。

巴力拜並不像我一樣具有冒險細胞，所以「我的人」若不是抱著牠，就是眼睛緊盯著牠看，免得牠走丟了，而牠也多半會乖乖的待在她身旁。不過看到我的身影消失在矮樹叢中時，「我的人」不禁緊張了起來。她喊道：「達西，快回來。我怕你會迷路，快回到我這裡！」

對於她的苦苦哀求，我完全是充耳不聞，只是放慢腳步，等著她鑽進雜草叢生的矮樹叢中找我。一會兒後，她狼狽的身影終於出現，一隻手抱起我，另一隻手仍抱著巴力拜，然後又踉蹌的走回汽車旁。從頭到尾我都不發一語，表現出一副冷漠的態度。

「達西，你爲什麼不回答我？你爲什麼不和我說話？」問我爲什麼不和你說話？那你爲什麼不問問自己，有沒有給我我所需要的愛？我在你心目中到底占有多少分量？是誰害我變得那麼孤寂？你現在總算嘗到被人冷落的痛苦了吧！

我們搬到城市北邊山丘的一棟小公寓裡，我和「我的人」之間的關係已經沒有太多互動了。雖然她每天都待在家，我卻只是遠遠的躺在窗台上看她工作。有時她會試著靠近我，和我說話，不過只要她一走過來，我就會跳下窗台，換個地方繼續曬太陽。我完全不想理她。但儘管是她先背叛我，我仍然喜歡她待在家裡陪我們。

冬天的某一天，她又開始整理行李準備外出。她對我說：「達西，我要到獨立鎮，和我家人一塊過聖誕節。你還記得嗎？就像去年一樣。這一次，我要比較久才會回來，因爲我爸爸生病了，我一定要回去看他。不過去年我不是回來了嗎，我向你保證，這次我也會回來。」

雖然我沒答聲，可是我心裡一點也不希望她離開。

她不在的日子裡，每天都有人來家中餵我和巴力拜吃飯。我完全不理會這個照顧我們的人，他又不是「我的人」。儘管我的命運坎坷，不過這一次，我沒有像被關在新罕布夏的寄宿籠時一樣絕食抗議。

我會向巴力拜數落這個狠心將我們留在家裡的人，訴說她如何辜負我對她的愛。當然，這是我自個兒的遭遇，巴力拜可不覺得自己受到冷落了。巴力拜總會耐心的聽我說話，牠實在是個最棒的聆聽者。這段日子雖然有些寂寞，但是總好過被拘禁在新罕布夏的日子。

當「我的人」回家時，我對她的怨氣還沒有消。聽到她轉動門鎖的鑰匙聲，我不再像從前一樣興奮的喵喵叫好迎接她。相反的，只是沉默的站在門邊，等到她打開門的那一剎那，便一溜煙的衝出，消失在外頭的雪地中。從前無論我去哪裡，隔天的早上一定都會回到她身邊。這一次，我整整離家了三天。我得讓她知道被人遺忘的滋味。

我找到一處可以遮蔽風雪的矮樹叢，埋伏在那兒，正好可偷襲在多風的夜裡外出的笨老鼠。我睡在屋後背風面的灌木叢中，儘管外頭的風雪大，氣溫低，但想到那個把我的愛當作糞土的人時，我寧可在外頭飢寒受凍。可是我心裡還是想念她啊，有她在的地方才是我眞正的家。

所以在離家後的第四天早晨，我踏上家門前的樓梯，然後開始大叫。「我的人」幾乎是用飛奔的速度跑過來幫我開門，我想，她應該還滿想念我的吧。但儘管如此，她在這一天的表現，仍然沒有將自己完全奉獻給我。我終於死了心，不再奢望我是她生命中的全部。這是一種痛苦的領悟，不過我做下承諾，在我有生之年，絕不再拋棄她。

我不想離開「我的人」，可是待在她身邊又會傷心。春天過完，夏天來到，我待在室外的時間比以前更長了。秋天時的某一天，我被一隻虎斑貓狠狠的咬了一口。當牠尖銳的牙齒刺進我的背部時，我感到一陣抽痛。

我獨自忍受著這份疼痛，並沒有立刻跑到「我的人」身旁，希求她安慰我，撫摸我。然而她也沒發現我受了傷。

有個早晨，我獨自躺在窗台上，突然間，有一種強烈的感覺出現，我極度渴望被她的手輕柔撫摸。我爲什麼選擇自我放逐？爲什麼讓自己過得那麼悲哀？這時，我的心已充滿愛意，靜靜的走向「我的人」。她立刻感受到我的出現，轉身迎向我。

她抱起我，輕輕的用手掌撫摸我的毛髮。就在這一刻，我整顆心似乎都要溶化了。不管她能否了解，我清楚的知道，她就是「我的人」。

很快的，她就發現我背後的膿腫處。「達西，你和別人打架了嗎？這個包腫得好大，你一定痛死了。」

接著，我們又來到獸醫院。一覺醒來時，我發現身後的傷口已經沒那麼痛了。沒多久，「我的人」也出現，她和獸醫交談了一會兒。由於麻醉劑還沒完全褪去，我的頭仍感到昏沉沉的，只大約聽到，被貓咬傷的傷口，如果沒有趕快處理乾淨，可能會嚴重感染發炎，最後甚至死掉。聽到可能會失去我，「我的人」說話的語氣不禁有些顫抖。

惡犬
Confronting the Cur

當我經歷生命中第三個冬季時，身材已經像吹氣球般的發福了起來。一方面是因爲我用吃作爲空虛心靈的慰藉，另一方面則是「我的人」也會在我的碗裡裝滿美食，好彌補我所欠缺的關愛。來年春天，我胖得連窗台都幾乎跳不上去了。

有天晚上，我躲在一處矮樹叢旁休息時，被一群可惡的狗流氓發現了。我大聲的叫喊，好向「我的人」求救，可是她一定是睡覺了，根本沒聽到我的聲音。要不然，她會馬上衝出來，趕走這群狗。

牠們不斷的來回踩步，齜牙咧嘴的向我躲藏的地方咆哮，不懷好意的狗鼻子張大著嗅聞，想找出我的確切位置。猙獰的牙齒露出兇光，過度興奮的身體忍不住抖動起來。我害怕得不知該怎麼辦才好，拔腿就往最近的一棵樹衝過去。這群野狗見狀便緊追在後。要不是我因爲意外失去尾巴，恐怕早就被牠們強而有力的下顎咬到且撕成碎屑。

跑到與大樹只剩五呎的距離時，我使出全身的力氣奮力一跳，結結實實的用爪子抓住樹皮，然後拖著沉重的身軀，拚命往上爬。這群狡猾的狗，像是等著看好戲般的徹夜守在樹下，而且不時發出挑釁的叫聲。我雖然已經爬到足夠安全的高度，一顆心仍是緊張得七上八下。我朝著樹下如鬼魅般的狗影咒罵，宣洩心中的憤怒：

滾開！

你們這些狗東西，

給我滾得遠遠的！

我才不會成為你們利齒下的犧牲者。

滾開！

你們這些卑劣的怪獸，

給我滾得遠遠的！

夜漸漸深了，樹下的狗影才慢慢散去。

隔天一大早，我就聽到「我的人」四處尋找我的叫聲。「達西！達西！你在哪裡？」

我大喊救命，她立刻跑到樹下。抬著頭，望著樹梢上的我喊著：「達西，你快下來，快點下來啊！」

但是我的身體僵硬得動也不敢動。那群兇狠的野狗，現在不知道埋伏在哪裡，搞不好我一下去，就會被牠們生吞活剝。

我的爪子緊抓著樹皮不放，我不能下去，也不敢下去。一整天過去了，我都在等「我的人」爬上樹來救我。

結果我在樹上又待了第二個夜晚。第二天，「我的人」還是來到樹下，拜託我趕快下來。可是我仍然不敢動。第三個夜晚，我仍在樹上度過。

第三天下午，我看到一群頭戴著紅色帽子的人，搬來梯子走近樹下。

其中一個人爬了上來，把我抱在胳臂下。我掙扎著爬到他的肩上，我得提防可能隨時竄出的野狗。

「我的人」焦急的在樹下等著我，她一把抱住我，不停的問：「達西，你還好嗎？你有沒有受傷？你別怕，有我在，沒有人敢傷害你。」我還是不放心的東張西望，不曉得牠們都躲在哪裡。

她把我帶回家後，我總算能鬆口氣。接下來，我整整睡了一天一夜。其間，隱隱約約的感覺到，「我的人」的手不時溫柔的撫摸著我。

早在我和「我的人」住在一起的第一個秋天，就開始在傍晚時一塊外出散步。打從去年冬天開始，我和「我的人」以及巴力拜，也養成了一塊散步的習慣。只要天氣狀況良好，傍晚後，我們三個就會悠閒的在鄰近地區走走。「我的人」沿著路邊走，我和巴力拜則會鑽到鄰居家的院子裡探險。吃過晚餐，正好在走廊上休息的鄰居看到我們，還會揮手打招呼。我專心的在花草叢間嗅聞其他生物的味道，並且警覺著有沒有敵人埋伏在附近。每當我聽到狗的低吼聲，或是聞到牠們的體臭時，就會立刻回到「我的人」身邊。看出我擔心的表情，「我的人」便會彎下身，讓我安心的躲在她的懷裡。就在這一刻，我全心全意的享受被人疼愛的幸福，根本忘了前一刻鐘我爲何要擺出一臉冷漠的表情。

分擔傷痛

Responding to My Human's Pain

差不多在我四歲時，我們又搬離北邊山丘了。再一次要離開我所熟悉的地方，那些好不容易找到的隱密地方，那些我所熟悉的氣味，這實在是件沮喪的事。「我的人」向我們解釋，等到搬到那個位於城市南邊的新家時，我們將有更多的新房間可探險。

她說：「達西，我們的新家在樓上喔，整個街道的景色都可一覽無遺。而且還有很多窗戶可讓你曬太陽。」

她說的沒錯，新家果然很大，我和巴力拜得花上好一段時間，才能摸索清楚。說到巴力拜，牠現在可是愈來愈有趣了。自從和「我的人」的關係日漸疏遠後，有牠在身邊，的確陪伴我度過不少無聊的時光。雖然牠無法滿足我對愛的渴望，不過也帶給我許多歡樂。

然而搬到新家後，我和「我的人」之間的關係有了些改變。這陣子，我經常聽見她在夜深人靜時哭泣。我不明白究竟發生了什麼事，但我不再像從前一樣頻頻躲避她。她需要我，我要去安慰她。我跳到她的腿上，好讓她能抱著我，讓我分擔她的悲傷。

我站起了身體，前腳搭在她的胸前，輕輕的頂了頂她的下顎，舔了舔她的臉頰。我告訴她，我依然愛她。她望著我，有些遲疑的說：「達西，我好難過啊，我討厭我自己，我眞希望能找到更多欣賞自己的理由。」

我聽不太懂她在說什麼。我覺得她很好啊，除了對我不夠專情之外，應該找不出其他缺點了吧。我們已經在一起過了那麼多年，我希望她能更快樂些。至少在我還是隻小貓的那些日子，她可比現在快樂多了。

爲了安慰她，我就蜷縮在她的膝旁。她需要我的陪伴，她需要我的支持。她的悲傷情緒，也讓我難過了起來。從前我所壓抑對她的愛，現在已不需要再隱藏了。

當她抱起我時，我注視著她的雙眼，輕聲的說：「別難過了，我永遠愛你。」情緒處於低潮期的她，一定需要我的鼓勵。可惜的是，她還是沒學會貓語，她聽不懂我在說什麼，也看不出我短短的尾巴的微妙動作。

這種悲傷的氣氛一直延續了幾個月，她的精神狀況也變得更差了。後來我才知道，她的父親過世了，難怪她會傷心。她的悲傷情緒，也影響了整個家。

我們家裡不再有歌聲，從前她最愛唱歌的。我們家裡不再有歡笑，從前她最愛笑的。我們家裡不再有訪客，從前她總會邀約三五好友來家裡作客。「我的人」變得完全不像她了。

秋天時，她突然離家外出。就這樣，寂寞的日子一天天的過去，轉眼間已經過了幾個星期，卻仍不見她回來。她曾經向我們保證一定會回來，難道她忘了自己說過的話？人類的個性真的是不可捉摸啊！她會回來吧？我對她的思念愈來愈強烈，我才知道我有多麼愛她。

面對孤寂的內心，我唱出對她的思念：

我的人，你在哪？

我好想你。
我的人，回來吧！
我在等你。
沒有你的家，
好空虛，好寂寞，
只有悲傷和憂愁，
因爲沒有你。
我的人，快回來吧！
達西在這裡。
親愛的，快回來吧！
永遠別再離開我。

好不容易，終於盼到她回家。看到她的笑容，我立刻飛奔衝向她的懷裡。我的心裡一片溫暖，不停的磨蹭她的臉頰示愛。蜷縮在她的毛衣裡，享受這份紮實且濃密的愛意。

她倒臥在床上，把我抱到胸前。我舔遍她所有的肌膚，親吻她的鼻子。我的動作逗得她笑了出來。她把我舉起，像個小女孩般的咯咯笑著說：「你是不是達西啊？你是不是我最愛的寶貝呢？」

「我的人」總算回來了，從前那個有著開朗個性的人回來了。我也跟著快樂起來。我不需要再自我放逐，我不需要再自我封閉。她離不開我，就如同我不能沒有她。只要能生活在一起就夠了。就算我們之間還夾了一個巴力拜，也已經無所謂了。

討厭的搗蛋鬼
Meeting Catastrophe

沒多久，我們又搬回靜水城的南方。這一次，我很快就習慣這個新環境。二層樓的房子有很大的空間讓我們活動。一樓的廚房下有間小儲藏室，「我的人」把貓砂盆放在那兒，好讓我們上廁所。昏暗狹小的隔板，也讓我很有安全感。

「我的人」曉得貓喜歡到處探險，所以每天晚上，她都會打開儲藏室裡頭的一扇窗，好讓我溜出家門逛逛。我在院子裡找到一處隱密的地方，埋伏在這裡，肥美鮮嫩的老鼠、松鼠和地鼠，可說是多到唾手可得。看到我這種設計精良，有著矯捷身手、靈敏聽覺，以及尖銳牙齒的致命武器，牠們早就被嚇得魂飛魄散。

那一年夏天，「我的人」住在密蘇里州獨立鎮的親戚突然來訪。兩個大人帶著四個鬧翻天的小鬼侵入我們家，吵得我們片刻不得安寧。這群人在屋子嬉戲跑跳，大吼大叫，小鬼頭們更像是無頭蒼蠅般的在院子裡橫衝直撞。那陣子，我們的日子過得可眞是心驚膽跳。

他們的造訪更是嚇壞了巴力拜。雖然「我的人」喜歡唱歌，可是她的歌聲輕柔愉快，不像這群人的聲音那麼粗野嘈雜。從前優閒祥和的日子，已淪陷於喧譁叫罵聲中。巴力拜受不了這樣的刺激，只好悄悄的躲到地下的儲藏室中。

牠整整消失了三天，然後再也忍不住的展開一場報復。這場演出可眞是經典之作，想不到脾氣向來溫和、友善的巴力拜，也會做出如此高明又惡毒之舉。牠不卑不亢的從地下室浮現出來，慢慢走到客廳正中央的地毯上。所有喧譁聲瞬間靜止，大家的目光都集中在牠身上，不曉得牠要幹什麼。這時，牠的胃突然一陣抽動，然後在眾目睽睽之下，吐了一大堆東西出來。

驚叫聲四起時，牠又迅速的跑回地下室。這幕影像不斷的在我腦海中重複著，太精彩了，我眞以巴力拜爲榮！

一陣子後，「我的人」開始外出工作。第一次離家前，她對我說：「達西，我現在已經不是自由作家了，我得外出工作。不過每天晚上我一定會回來。」下班時，她總是興奮的打開家門，迫不及待想看到我們。

轉眼過去，我們又成長了許多。巴力拜已經六歲半，而我比牠長一歲。生活過得極爲規律，我愛「我的人」，也珍惜巴力拜的陪伴。我們對於彼此的習慣都十分了解，相處得非常融洽。

然而好景不常，秋天的一件事，打亂了原本和諧的生活模式。有一天午後，「我的人」雀躍的走進房裡，興奮的抱著我說：「猜猜看，我要給你什麼驚喜的禮物？我們家又多了一隻小貓了！」

什麼？

我還沒回過神，就看見她抱著一隻小公貓進來。這個新來的小東西雖然和我一樣，有著黑白色的花紋，但是個性和習慣簡直是糟透了。牠一點也不懂禮貌，蠻橫又鬼頭鬼腦。這個討人厭的傢伙名叫「太霸」。

我們家就此淪陷於牠手中。

每當「我的人」坐在搖椅上看書時，牠就會毫不客氣的跳上她的腿，

然後硬生生的把原本躺在上頭的巴力拜擠到地下。牠粗魯的在「我的人」的衣褲上磨爪子，還會對著一臉無辜的巴力拜張牙舞爪，彷彿在宣示，從此這就是牠的地盤。

更令人氣憤的是，「我的人」對於太霸的無禮行爲，不但不加以管教，甚至還縱容牠繼續撒野。她的注意力全都放在這隻小貓身上。對於這種突如其來的改變，巴力拜顯得十分困惑。而我，則是一肚子怨氣。

太霸的行爲一天比一天囂張。牠會跳到餐桌上，和「我的人」搶著吃她碗盤裡的食物。現在「我的人」必須雙臂抬高，把碗盤端離桌面才能吃飯，不時還需推開前來搶食的太霸。但是就算如此，她仍然默許太霸這種野蠻舉止，還稱讚牠活潑可愛。

眞是可惡極了！這個瘟神遲早會毀了我們的家。

爲了討好牠，「我的人」居然又買了一個全新的貓樹屋給太霸。她怎麼能夠這麼做？這個可恨、邪惡，只會找麻煩和惹人生氣的傢伙到底有哪一點好？眞是氣死我了，「我的人」怎麼會那麼愚笨遲鈍啊？

她曾經說會永遠愛我。雖然我知道我無法滿足她，所以她才收養了巴力拜，不過難道有了我們兩個還不夠？她還要讓惡毒的太霸來考驗我的耐性？她還要用太霸來激怒我？這個人怎麼那麼不知足？

再次自我放逐

Choosing Loneliness Again

隨著時間過去，太霸的行爲愈來愈惹人厭惡。有一次，「我的人」坐在搖椅上，一隻拿著三明治的手正好放在搖椅扶手上。太霸見狀也想要吃，就從地上跳起，連同「我的人」的手指一口咬下。

對於太霸這種魯莽的行爲，我和巴力拜各自有不同的應變方式。巴力拜決定一改從前溫和良善的態度，也開始學起太霸的行爲。倒不是說牠也變得和太霸一樣蠻橫，而是和牠一樣跳到餐桌上吃飯，好吸引「我的人」的注意力。

然而當巴力拜這麼做的時候，卻換來一陣責罵。爲什麼同樣的行爲，她會笑著誇讚太霸，卻指責巴力拜應該更懂得禮貌？她的心裡究竟在想什麼，連我這麼了解她的貓都不能理解，巴力拜又怎麼可能猜得透呢？

太霸的叫聲粗野沙啞，一旦聽過牠的叫聲，這輩子就再也不會忘記。

通常在牠有所要求時，就會發出這種強硬尖銳的狂叫聲。「我的人」聞聲便會立刻安撫牠，滿足任何牠所要的需求。爲了想重新得到「我的人」的注意，巴力拜也開始發出這種叫聲。

太霸漸漸長大後，舉止變得更具攻擊性，活像個暴君一樣。巴力拜的態度反而開始軟化。爲了討得「我的人」的歡心，牠竟然做出一些任何有尊嚴的貓都不願意做的事。

只要家裡來了訪客，「我的人」就會在眾人面前表演這種有辱貓格的動作。她一把抱起巴力拜，然後像丟團肉球般的把牠拋到半空中。巴力拜緊張的豎起全身的毛髮，伸展開四肢，以準備落地。不過在牠落地前，「我的人」又會把牠接住。看到的人全都樂不可支的拍手叫好，「我的人」對於這項新花樣也感到洋洋得意。

因爲平時受到冷落，巴力拜寧可承受這種屈辱，以換來「我的人」的歡心及注意。牠眞的很不快樂，有誰被當成笨蛋耍之後還快樂得起來呢？

我的應變方法說起來很簡單，不過卻是下了很大的決心後才做得到。

那就是重新自我封閉，不再理會「我的人」。我曾經發誓永遠不會再離開她，但現在不得不走向回頭路。

為了躲避太霸這個流氓，我只好藏身於儲藏室內。在洗衣機和烘衣機的上方有兩層木架，太霸侵入我們家後的大多數日子，我都是在木架頂端度過。每當「我的人」來這裡洗衣服時，我就會哀怨的瞪著她。她總是苦苦哀求我下來。「達西，別這樣，太霸只不過是個小朋友嘛，拜託你下來吧，你能不能試著去喜歡牠？」

對於她的話，我完全充耳不聞。

不過在我將自己拘禁於木架上時，心中一直不斷的詛咒太霸。我不期望「我的人」聽懂我在說什麼，可是我相信她一定能感受到我心中的怨氣。

你這個惡棍，混蛋，畜生，
願天下所有貓都唾棄你；
願狗的利牙刺穿你；

願你全身都得皮膚病，又癢又痛；
願你精神分裂，夜晚失眠；
願你蓬頭垢面，氣力衰竭；
願你遭「我的人」遺棄，不給你飯吃；
願你永生卑賤，受人奴役。

每當太霸也想走進這間儲藏室，就會被我的咒罵聲趕出去。牠一臉不以爲意的轉過身，尾巴豎得高高的，慢慢的走出儲藏室，假裝沒看見我一樣。哼！要不是「我的人」特別呵護牠，給了牠更多的愛，我相信我對牠的詛咒早就發揮功效了。

我的心裡依然喃喃默唸，就算太霸不受詛咒的影響，「我的人」或許也能感受到我內心深處的悲涼與執著。除非牠就此消失在我眼前，不然我會一直詛咒牠，至死方休。

整個冬天，我都躲在儲藏室裡。夏天到來後，除非吃飯時間到了，不然我根本不會踏進家門半步。自從太霸來了以後，我再也不上樓，也不再親近「我的人」。有時，她希望我陪她一塊上樓而抱起我，我一定會掙脫她的臂膀，頭也不回的轉身離開。

很快地，冬天又來了，我再次躲回儲藏室。我已經整整一年的時間都在躲避「我的人」。她坐在客廳的搖椅上看書時，我就躲在地下室。她上樓睡覺後，我才回到客廳裡活動。望著漆黑的夜空，我不禁歎息，把太霸帶回家，眞的是她這一生所犯下最大的錯誤。雖然我比太霸年長體壯，我並不打算攻擊或驅趕牠，這不是我的風格。但是我絕不願意和這種下流貓待在同一個屋簷下。

只要一看到太霸，我就會對牠發出厭惡輕蔑的叫聲，直到牠離開我的視線範圍爲止。

終於有一天，「我的人」來到儲藏室，把我從木架上抱了下來。她緊緊的抱著我，一面撫摸我的毛髮，一面輕聲對我說：「我很抱歉，是我不對，我不應該這麼草率的帶回太霸。這也是你的家，我應該尊重你的感受。」

我的心裡在想：你怎麼到現在才想通這一點呢？

這件事過了沒多久，太霸就被送走了。當我聽到牠離開後，前門關上的聲音，便立刻從地下室裡走出來。這是一年多來，頭一次我和「我的人」同時出現在客廳裡。她坐在椅子上，低聲啜泣著。只不過少了一隻貓，屋子裡就變得特別寧靜。我跳到她的腿上，立起了身子，然後一隻手輕輕的搭在她的臉上，「你做得很對，」我對她說，「做得很對。」

她不禁破涕爲笑，「達西，剛才有一個農夫帶走了牠，太霸一定會喜歡農村生活的，我知道牠一定會喜歡的。」

她摸了摸我的臉，然後臉頰貼緊了我。這種感覺眞幸福，我忍受了十幾個月，現在終於又回到她身邊，她的味道是那麼熟悉，那麼美好，我的生命中眞的不能沒有她，我眞的好愛她。

重新開始
Starting Over

太霸離開我們不久後，我發現巴力拜變得怪怪的，「我的人」也感覺得出牠病了。她帶牠到獸醫那兒看了好幾次，但是幾個月下來，巴力拜的病情並沒有好轉。牠的體重不斷的減輕，臉頰向內凹陷，雙眼顯得更加鼓起。牠只不過才八歲而已，可是看起來卻感覺十分蒼老。

冬天裡的某一天，「我的人」帶牠出門。回家時，卻只有她一人回來，懷裡抱著一個沉重的塑膠袋，臉上滿是淚痕。

她不發一語的走到車庫後方，我在後頭默默的跟著她。只見她拿著鏟子，來回的在院子裡探測，直到找到一處泥土鬆軟的地方。接著挖了一個洞，便把塑膠袋放進去。

「永別了，巴力拜。」她哭著說，「你帶給我那麼多歡樂，我永遠不會忘記你。謝謝你這麼多年來陪伴著我，我永遠愛你。」

雖然我不明白發生了什麼事，但心裡曉得，從前我們一塊生活的日子，將隨著這只塑膠袋被埋入土中，畫下句點。

「我的人」慢慢的把泥土覆蓋住塑膠袋，直到洞口被塡滿爲止。她一連哭了好幾天，整個家都籠罩在一股陰霾的氣氛中。當我輕輕的舔著她時，她抱起我，把臉埋在我的身體裡。她的眼淚浸濕了我的毛髮。「巴力拜走了，達西，牠走了。我猜想牠現在已經在天堂裡。要是在那兒見不到牠，我也不想上天堂。」

我也很想念牠，少了牠，整個家似乎變得特別空虛。這個深受我們喜愛，同時也深愛著我們的熟悉身影，究竟到哪兒去了？有時候，我還會不由自主的在屋子裡尋找，以爲牠還躲在哪一個地方。可是我再也沒有見到牠。就如同從前貓神颳起一陣風，突然把牠送給我們。現在，貓神大概又把牠給帶回去了吧。

「我的人」仍然無法從傷痛中站起來，我不時的安慰她，讓她知道我還在她身邊。日子就如同回到最初只有我們倆的頭一年，我仍然是她唯一的最愛。

當她躺在沙發上時，我會跳到她胸前，轉幾個圈，然後靠著她躺下。曾經在她面對親人死亡的傷痛時，我也是這樣安慰她。

每天早晨她坐在餐桌前時，我都會跳上桌面，將我的臉貼著她的臂膀。這時，她會放下手裡的湯匙，然後輕柔的撫摸著我的身體，臉上勉強擠出一絲笑意的說：「達西，現在就剩下你和我了。這麼多年以來，還是只有你一直陪在我身邊。」

巴力拜走後，「我的人」更需要我陪她度過漫長孤寂的夜。我會用手臂攙扶著她的脖子，或者和她共枕一個枕頭，鼻尖貼著她的臉頰。當她輕輕把我摟在胸前時，隨著每一次心臟跳動，我也訴說著對她的愛。我已經有好多年沒和她那麼親近了，我唱著搖籃曲，哄她入睡。

別出聲，「我的人」，
安靜入睡吧。
你的傷痛我明瞭，
巴力拜是那麼的貼心可愛。

我也想念牠，
牠是我的孩子，我的家人。
牠是神的禮物，
賜給你的，我的，我們的。
現在我更知道，
在共同經歷這場傷痛之後，
你、我都是神賜予彼此的禮物。
我別無所求，
我一生已是足夠，
是的，超乎我所求，
有你這份禮物。
昨天，今天，直到永遠，
你是我永遠的禮物。
合而爲一，
我倆合而爲一，

我們永不分離。
對你的愛，永不改變，
你對我的愛，也從今直到永遠。

在我的催眠聲中，「我的人」像是說夢話般的喃喃低語：「我知道，達西，我們會永遠在一起，永遠，永遠。」我將我的愛，完全奉獻給她，她也將她的愛，毫無保留的給了我。我們就在彼此慰藉中，漸漸進入夢鄉。

我的最愛

Making My Dream Come True

巴力拜死後，日子又回到只有我和「我的人」的世界。她對我的一舉一動，叫聲中細微的變化，已是愈來愈能理解。對我來說，和她在一起的回憶永遠不可能磨滅。我相信她也永遠不會忘記。

這些回憶是那麼清晰，那麼溫暖。當我獨自躺在院子的樹叢下時，總是會想起過去生活中的點點滴滴。她是我生命中的重心，我根本將她視爲一隻貓，而她也把我當成一個人。

她一眼就能看穿我在想什麼。有時我走到她的面前，不發一語的看著她。她低下頭，輕聲的對我說：「達西，怎麼啦？你是不是想讓我替你按摩按摩？」

一點也沒錯。我立刻四腳朝天的躺在地上，露出小肚子。她蹲在我身邊，像揉麵團般的來回搓揉我的腹部，接著又讓我側躺，開始按摩我一邊的肩膀和大腿。嗯！舒服極了。她從沒讓我失望過。

按摩完一邊，又幫我翻個身，好按摩另一邊。最後，她拉著我的前腳，前後來回的做伸展運動。雖然我也算是有些年紀了，可是從來沒遭受關節炎之苦。我想，這都得歸功於她。因爲她的細心照顧，使得我的身體仍能保持柔軟靈活，我的心也沉浸在這幸福的關懷中。

爲了怕我寂寞，「我的人」不再外出工作，而留在家裡陪伴我。她經常埋首於一種名叫「電腦」的機器前。眞搞不懂這些亂七八糟的綠字符號，究竟有什麼吸引人之處，在那個黑色螢幕前，她一待就可待上好幾個小時。好奇的我，有時會坐在她旁邊觀看。她總沒忘了摸摸我，讚美我是隻多麼迷人的貓。

有時候看到我仰臥在地上，「我的人」會輕柔的用腳撥弄我腹部的毛髮。我趁機抱住她的腳，她則左右搖晃，想把我甩掉。

這些年下來，我發現自己愈來愈依賴她。她若不在家，家就只是個空盪盪的殼子。即使她只離開短短幾個小時，我也會覺得百般寂寞。一等到她進門，我便會立刻上前迎接。我在她的腳旁不停的磨蹭，喉嚨裡發出歡迎的歌聲。

有你在的地方才叫做家，
有你的地方我才能安心。
當你離家時，
我的生命變得暗淡無光。
我無精打采，滿腹牢騷，
我守著這個房子，
免得遭人覬覦。
你點亮了我的生命，
我歌唱舞蹈，因爲你在我身旁。
我舔著你的手，滿足的從心底發出微笑。

我倆曾經的回憶，
是那麼甜蜜，那麼豐富。
我對你的愛，永遠不會改變。
你是我的家，我永遠的家。

專注在電腦前工作，偶爾「我的人」也會忽略我的存在。一個小時過去了，她都沒看我一眼，也沒替我搔搔癢。我的忍耐限度只能到此爲止。我跳上桌子，踩得鍵盤嘎啦嘎啦響，在螢幕上留下一堆奇奇怪怪的綠色符號。我需要給她一些提醒，好讓她知道我才是她最優先的考量。

她會立刻停下手邊的工作，回應我的需求。不是抱起我，和我輕聲說話，就是和我一塊享用可口的小點心。當她在電腦前工作時，身旁總是少不了這些零食。她會安慰著我說：「達西，我愛你，你是我生命中最重要的珍寶。」

就像是貓一樣，「我的人」懂得把握現在，享受人生。她不像一般凡人一樣，被那些煩瑣的雜事阻撓我們之間的愛。

彼此相依
Studying Each Other's Needs

我不喜歡被人摟在懷裡或抱在肩上，如此一來，我得費力的抬著頭，才能看到「我的人」的臉。我比較喜歡肚子朝上的躺在她的臂膀中，可以一直盯著她的臉看，沉浸於她眼裡流露出來的愛意中，一點也不會累。了解我所喜歡的方式後，「我的人」幾乎可以稱得上是隻合格的貓，只差在她的臉上沒長鬍鬚而已。

我喜歡親近她。每當她躺在客廳的沙發上看書時，我就會假裝若無其事的走到她面前，不是用身體擋住她的書，就是直接踩在書上。「嗨！達西，你好嗎？你也想睡一會兒嗎？」

她從來沒把我趕下沙發，也從未抱怨我打擾到她看書。相反的，她會放下書本，讓我躺在她身邊。有時她只是什麼事都不做的沉思，有時候也跟著我闔上眼，打個盹兒。等到我睡醒時，她會輕柔的對我說話，回憶著過去生活中的點點滴滴。不一會兒，感到心滿意足的我會自動跳下沙發，好讓她繼續看書。

爲了我，「我的人」特地準備了一條藍色的方格子花呢毛毯。這條毛毯鋪在客廳的一張我專屬的椅子上，她不在家時，我就睡在那兒。有時我也會蜷縮在這條毛毯上，抬起頭，含情脈脈的望著正在專心看書的她。只要能和她待在同一間屋子裡，對我來說就是最大的幸福。

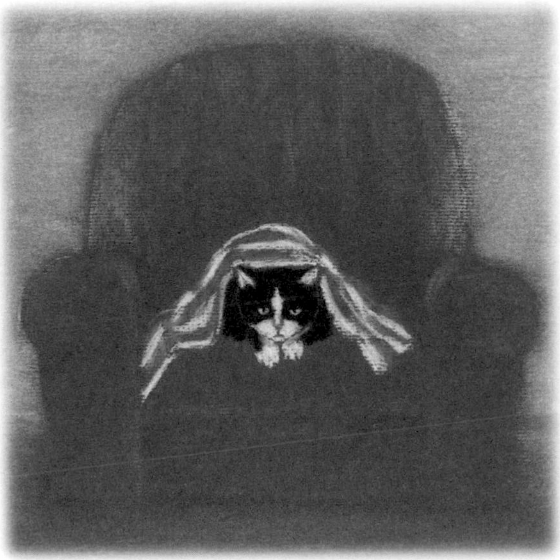

她發現我在看她時，便會對我說：「達西，你會永遠陪著我，對不對？你至少會活到二十歲，對不對？你要答應我唷！」我整顆心都陷入這份濃情蜜意的漩渦裡，差點無法呼吸。但是我不能給她任何保證，只能珍惜眼前的每一刻、每一秒。

「我的人」經常抱著我走到院子，細數著她最喜歡的花草的名字。「這個是落新婦，那個是草夾竹桃，在那一角的是香蜂草。你出來玩的時候要小心它哦，香蜂草就跟蜜蜂一樣，被螫到了可不是好玩的。」

回到屋裡後，她會打開收音機。隨著音樂聲響起，她把我摟在肩上，哼著歌，然後繞著廚房婆娑起舞。

老實說，我一點也不喜歡跳舞。不過我並不會掙扎著想逃離她的擁抱，或者發出不悅的叫聲，我更是不曾伸出爪子抓過她。我只會靜靜的看著別處，或者什麼都不想的發呆，耐著性子等她跳完爲止。好不容易音樂停了，「我的人」才把我放下來。

「是不是很棒呢，達西？我好喜歡跳舞，你也喜歡，不是嗎？」喜歡才怪！不過就是因爲我知道她喜歡跳舞，所以才願意與她分享這份快樂。

從高處往下看才是我喜歡做的事。然而隨著我的體重一直減輕不下來，身體又日漸老化，我已經無法爬到樹上了。還好，只要我坐在廚房的地上，抬起頭，往天花板看，「我的人」就知道我在想什麼了。

她會搬來一張椅子，放在矮櫃子前面，然後抱起我，自己踩著椅子踏上櫃子，好把我放在櫥櫃的最頂端。我可以在屋子的最高處休息，或者來回走動，「我的人」的一舉一動全落在眼中。等到想下來時，又會靜靜的看著她。不久後，她就會再把我抱下來。

這幾年來，我和她發展出一種新的遊戲方式。我四腳朝天的躺在地板上，等到她一經過，就用手去抓她的腳。她會假裝跌倒，笑著也躺在地上，然後輕柔的用手指搔搔我的肚皮。

一股幸福的暖意充滿心頭，我不禁用兩隻手緊握住她的手指，然後嘴巴湊過來咬住它。我實在太愛她了，恨不得能把她吞下肚子，這樣我們就能永遠在一起了。當然我絕對不可能眞正傷害她，我只是用牙齒輕輕咬而已。我激動得彷彿眼淚要奪眶而出，我對她說：「這個世上如果沒有你，我的生命也失去意義。」

一塊兒露營
Camping Together

打從巴力拜離開我們後，每一年的九月，「我的人」都會和她一位朋友一塊外出。離家的前一晚，她會將放置在地下室裡的露營用具搬到廚房整理。所以每當我看見帳篷、汽化爐、睡袋等東西出現時，就知道她又會消失一陣子了。

等到所有行李都準備完畢後，隔天一大早天還沒亮，她就準備出發了。這時，她會走近仍然睡眼惺忪的我，湊在我耳邊輕聲的說，要我好好照顧自己，並且保證自己一定會回來。口口聲聲說自己有多麼愛我的結果，還不是轉身離開我？我又得開始獨自守著空盪盪的家，孤寂的數日子，等她回來。

是沒錯，有人會按時來家裡弄飯給我吃，但是那個人又不是「我的人」，她身上沒有我所熟悉的嬰兒痱子粉味道，她不會替我搔癢，也不會用我喜歡的方式抱著我。

每當「我的人」返家時，我都會在門口熱情的迎接她。我不斷的從喉嚨發出思念的咕嚕聲，跟前跟後的喵喵叫個不停。雖然她也知道我不喜歡被單獨留在家裡，但是每年的這個時候，還是一樣不回家睡覺。

終於有一年，當她外出露營時，我沮喪的開始不肯吃東西，也不整理自己的毛髮。等到她回家時，我已經變得既憔悴又消瘦。她趕緊抱起我，問我爲什麼要這樣折磨自己。我告訴她，沒有她的日子，是多麼孤寂、悲傷、痛苦，漫漫長夜好像永遠過不完似的。

因爲你離開我，
白晝也變得暗淡無光，
暗淡又悲傷。
因爲你離開我，
我的心無比沉重，

沉重的思念你遠在他方。
我痛苦的不知何時才能再見你，
別走！別走！
求你別再離開我。
我苦苦的懇求你，
如果你眞的愛我，
求你永遠留在我身邊。

因爲發生了這件事，來年九月，我便正式成爲她們的露營夥伴成員。我們三個一塊在北邊的營區裡露營。當我們到達營地，選好紮營的地點後，「我的人」把我暫時關在帳篷裡。

一會兒後，她從車裡拿著一些器具返回，等她一拉下帳篷入口處的拉鍊，我就頭也不回的衝了出去，直奔附近的矮樹叢中。雖然茂密的枝葉擋住我的視線，可是我可以聽到她焦急的喊著我的名字。「達西！達西！你不要亂跑，你會迷路的！」

滿地的落葉在我腳下發出沙沙聲響，「我的人」聽出我的位置，趕緊一把抱起我。「我抓到你了，感謝老天爺，我總算抓到你了！」她立刻把我關回帳篷裡。

唉！如果得一直待在裡頭，我還眞不知道露營有什麼好玩的。

露宿野外的夜裡實在好冷，不知道爲什麼，我從來沒感覺這麼冷過。我緊縮在「我的人」的睡袋裡。

第二天早上，爲了防止我再次亂跑，「我的人」替我穿上一件胸背袋，同時繫上拉繩。其實像我這麼有經驗的貓，從來不曾迷路過，眞不知道她在擔心什麼。過沒多久，我左扭右扭的，馬上就將胸背袋掙脫了一半。接著牽著她，走到路的那一頭，故意選了一條兩旁滿是荊棘的小徑鑽了進去。我知道她一定也會跟著來，哼！就算是讓她嘗嘗拴住我的苦頭吧。

隔天，她就只讓我在營地附近走一走。我們每天大約會出來散步三次。早上吃完早餐後，下午她從外頭回來時，以及晚上圍著營火玩遊戲，說完故事之後，我們都會在附近繞繞。

其實只不過少了點鬍鬚的她，個性卻跟真正的貓沒什麼不同，曉得讓我自己決定要去哪裡，或者什麼時候才打算回帳篷休息。她只是在旁邊陪著我走，不囉嗦也不干涉。有時候，我們散步一個多小時後，才意猶未盡的往回走。

我們所選中的營地，周圍都是光禿禿的。所以我喜歡到別的營區探險，鑽進草叢中，嗅聞營火燃燒後所留下的氣味，或者野營桌上油膩的烤肉味。

除此之外，什麼地方留下狗輩的味道，以及尋找可躲藏的隱密地點，也是我觀察的重點。現在的我，突然變得很愛喝水，所以每經過一處雨水所蓄積而成的小水窪，我一定會停下來喝幾口水。

看著我那副專注認眞的傻勁，「我的人」忍不住笑出聲，「達西，你剛才錯過一個地方，那邊的小樹枝你沒聞到。」爲了不讓她失望，我只好回到她所指的地方聞聞。這種自在又快樂的探險活動，是我每天最期待的事。

晚上的時候，她會帶著一只手電筒照著我，免得我不知去向。不過有時我移動的速度太快了，以至於跑出光束範圍之外。要不然，就是聞到路旁有什麼動物留下的氣味，一頭鑽進黑暗的草叢中。發現我走得太遠，「我的人」會盡快趕上，然後一把抱起我。

有一天晚上，我被突然響徹天際的雷聲驚醒。嚇得我整個身體彈了起來，慘叫一聲後，便在帳篷裡四處亂竄。

「達西，別怕！你在哪兒？」「我的人」一面喊著我的名字，一面伸出手，在漆黑的帳篷裡摸索，想找出我躲在哪裡。

我縮在她的睡袋旁，雖然我覺得有她在的地方，就是最安全的地方，但身體還是忍不住的瑟瑟發抖。耳邊仍聽到湖邊傳來隆隆雷聲，我的嘴巴嘀咕著，這個多變怪異的氣候嚇得我睡不著覺。

另外還有一個夜裡，帳篷外又傳來奇怪的聲音。「我的人」拉開拉鍊一探究竟，受到驚擾的我在情急之下，就從開口處跑了出去。

「達西，你要跑到哪裡去？快回來！達西，外頭太黑了，我看不見你，快回來！」

我只顧著向前衝，穿過了我們的野餐桌，跑到停放在隔壁營區的一輛休旅車下躲了起來。沒多久，我就看到一道光芒從我們紮營處照過來，「我的人」拿著手電筒，四處尋找我的蹤跡。當她發現我的身影時，立刻喊著：「達西，留在那兒別動。」

我害怕得直想往車底更深的地方躲，「我的人」見狀立刻飛撲過來，她及時抓住我的後腿，我們倆都跌落在又濕又滑的地上。全身都沾滿了爛泥巴，我感到糗極了，回過頭就對著「我的人」兇了起來。

回到帳篷後，「我的人」用條大毛巾把我身上的泥土擦掉，一面安撫又氣又窘的我。我花了好多時間，才把自己的毛髮整理乾淨，之後，趕緊擠到「我的人」溫暖的身邊補個眠。

直到有一天，「我的人」和她的朋友開始拆帳篷，把東西都收到車上，這種優閒的日子才告結束。幾個小時後，我們已經回到家門口。一下車，我又立刻衝進屋子裡找水喝。

也不知道怎麼搞的，這陣子我變得特別怕冷，水也喝得特別兇。

生病

Falling III

「我的人」也發現我水喝得愈來愈多的改變，十月初，便帶我到獸醫院檢查。自此開始，每天我都需要服用藥物。

那時，我已經沒有力氣走到院子裡探險漫步，「我的人」就在屋前的走廊上，爲我鋪了一塊軟墊。天氣良好時，我都會躺在走廊上曬曬太陽，或打個盹兒。夢中，我仍然身手矯健的追捕著獵物。

十一月上旬，我的情況變得更差了，連幾步路都走不動。我的食慾盡失，一口飯也吃不下。

這一次，我被留在獸醫院裡，以便做更詳細的檢查。狹小的籠舍無法阻擋我對「我的人」的思念，我覺得更加孤寂。周圍籠舍裡的住院貓也在呻吟著，和我一樣無法入眠。

第二天，「我的人」來看我，雖然想念她，但我連站起來迎接她的力量也沒有。她站在我的籠舍前，聽獸醫師解釋我的檢驗報告。對於他們的談話，我並不能完全了解，只是大約聽出，我的腎臟壞得太厲害了，醫生建議讓我「睡覺」。

聽到這樣的結果，「我的人」突然泣不成聲。我好想上前安慰她，卻忘了自己根本連站起來的力氣都沒有。只能勉強用臉靠著籠門，從喉嚨擠出微弱的喵聲。

「不！不可能！」她哭著說，「我還沒有準備好，我還沒有準備好和牠說再見。上一次巴力拜生病時，你也建議讓牠安樂死。結果我根本還沒準備好的就答應了你，我到現在還在後悔。我需要時間，我需要一、兩天的時間和達西道別。」

她淚流滿面，痛苦的搖著頭。接著轉過身，悲傷的看著我，將手指伸進籠子，撫摸著我的臉。

「我不能再犯同樣的錯誤，我不能讓這種事發生在達西身上。我和牠已經生活在一起那麼久，我們需要時間和彼此說再

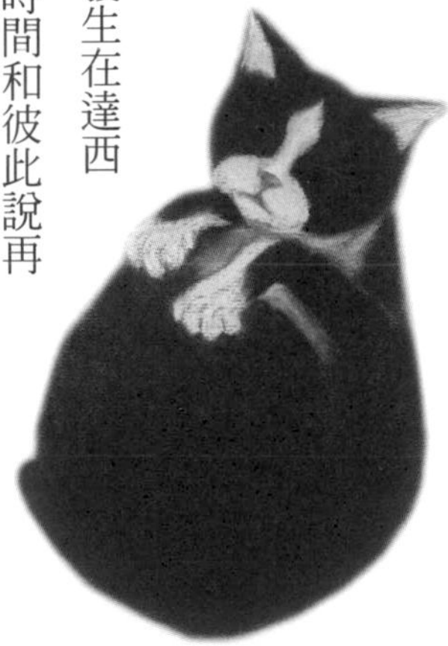

見。」

獸醫師打開籠門，讓她把我抱出來。她抱起我，緊緊的將我摟在懷裡。

「天哪，達西，」她哭著說，「我怎麼能沒有你？求求老天告訴我，我該怎麼做才好。」她的語氣充滿困惑與悲傷，我也感受到這份難分難捨的痛苦情緒。

我們一塊兒離開這棟不祥的建築物，這個令人心碎的地方。回到家，眼前的景物依舊，但是我和從前的我已是截然不同。

她抱著我坐在沙發上，暗自啜泣的把頭貼在我的身上。粗澀無光的毛髮，沾滿了她的眼淚。但是我什麼事都不能做，只是虛弱的倒在她懷裡。

「達西，」她哭著說，「你答應過我要活到二十歲的，你答應過我，你現在不能死，你不能死。」

我聽得懂她在說什麼，更聽得出她語氣中極度沮喪的情緒。若是沒有我，今後該由誰來照顧她？我怎麼捨得讓她孤單的一個人過？不行，爲了她，我得振作起來。

雖然一直想擦乾眼淚，「我的人」仍是滿臉淚痕。有些時候，她抓著我太用力了，雖然有些疼痛，但我仍然不願從她懷裡掙脫。她懇求我一定要好起來，可是天曉得我還能再撐多久。有時，我甚至感覺自己的靈魂已經離她而去。

聽了獸醫的囑咐，她不再讓我吃我喜愛的鮪魚罐頭，改餵我一些難吃的處方食物。但是這些怪東西可眞是味如嚼蠟。

我碰也不想碰它們。

「達西，這些食物的蛋白質含量比較低，你的腎臟生病了，不能吃高蛋白質的食物。求求你，你一定要吃這些特別的食物，你一定要吃幾口。」

可是這些話我根本聽不進去，它們實在太難吃了。

爲了讓我的食慾好些，她試著用湯匙，一口一口的餵我吃飯。她不斷的鼓勵我，拜託我。爲了不讓她失望，我勉爲其難的聞了聞，然後舔了一小口。

「謝謝你，達西。我知道你不喜歡吃它，但是爲了你好，也爲了我，請你還是要多吃一點。」

看到她因爲我肯吃東西而那麼快樂，我只好再吃幾口。老實說，在這個世界上，我猜想除了老鼠大便之外，就是這些東西最難吃了。

這樣又過了幾天，我的身體狀況變得更差了，我再也吞不下這些食物。我覺得好疲倦，即使躺在她懷裡，我仍然感到精力衰竭。

有一天晚上，她終於妥協了。她拿著一個裝滿鮪魚的碗，放在我面前，接著就開始掩面哭泣。我沒注意她哭了多久，只感覺在我將這碗美食一掃而空時，她不斷的撫摸著我。

「達西，這是最後一餐了，你實在太虛弱了，我不能因爲自私的想留下你，勉強你吃那些你不愛吃的食物。你愛吃這個就多吃點吧，我希望你要離開我，也是心滿意足，沒有遺憾的走。」

說完，她就躺臥在我身邊，悲傷的哭泣。

第二天，她抱著我走向電話。撥了通電話給獸醫，邊說邊掉淚。

「我準備好了。」她說，「我不能只考慮自己，而勉強達西痛苦的陪著我。是該讓牠走的時候了。」

接著，她告訴獸醫昨天晚上讓我吃了鮪魚的事。突然間，她的表情有了很大的轉變。「眞的？你說的是眞的？天哪！眞的謝謝你告訴我，我太高興了！」

掛上電話後，她緊緊的將我抱在胸前。我伸出一隻手，輕撫著她微笑的嘴角。「達西，獸醫說如果你願意吃鮪魚，就表示你仍有食慾，你的身體還有好轉的機會。他告訴我，可以試著將鮪魚汁加在乾糧裡，或許你就願意多吃一點了。」

她把我舉起，彼此深情的望著對方。「獸醫介紹我們去看另外一位醫生，表示他有更好的治療法。」她不禁破涕爲笑，「你說這是不是太棒了！你還不會這麼快離開我。我們又可以生活在一塊了，相信我，達西，你一定會好起來的！」

這一整天，我們的家充滿了歌聲。

求援
Finding Help

隔天一早，她就開著車，帶著我前往另一位獸醫的診所。和從前看醫生時不一樣，我疲憊得無法發出抗議的叫聲。

「我的人」將我帶進一間小診療室，金屬檯的感覺一樣冰冷。替我看病的醫生說話很輕柔，檢查完後，他放了一碗食物在我面前。這些食物和從前「我的人」勉強我吃的東西一模一樣，我一點胃口也沒有。接著，他把一個針頭刺進我的身體，我生氣的叫了一聲，想掙扎，但身體太虛弱了，以至於臉不小心栽進碗裡。我舔了一下鼻子上沾到的食物，突然間，我想吃東西了，就吞了幾口碗裡的食物。

沒多久，「我的人」便離開我，把我獨自留在獸醫院裡。我累得無力和她說再見。這個獸醫替我打了兩次針，他用一個針頭刺進我的皮膚，好讓一瓶透明的水，一滴滴的流進我的身體。

傍晚時，「我的人」來接我回家。我全身筋骨痠痛，直接倒在她的懷中。她抱著我，對我說：「達西，我實在太愛你了，我希望你能永遠活下去。但是我不希望你痛苦的活著，我希望你能快樂的享受生活。這個獸醫說他能減輕你的疼痛。」

她唱著歌好安慰我，她撫摸著我的毛髮，輕揉著我的臉頰。

「這個新獸醫建議我每天替你打兩次針，就像今天他所做的一樣。他說，這麼做可以防止你的身體脫水。」

回家的路上，我躺在她的腿上，她的手一直溫柔的撫摸著我。她甜美的聲音在我耳邊響起，「達西，你是我最珍貴的禮物，你是我快樂的泉源。但是請你相信，我不能自私的勉強你留下。如果你覺得受不了了，請讓我知道，什麼時候該讓你走。」

她也是我這輩子最珍愛的人，只是我還是覺得很疲倦。我根本不知道能否安然度過今夜，可是如果我真的走了，「我的人」又該怎麼辦？

回到家裡，倒臥在我最喜歡的棕色燈心絨沙發椅，上頭鋪著藍色的格子花呢毛毯。這裡的景物是那麼熟悉，可是我卻疲憊得連頭都抬不起來。就當我覺得快撐不下去時，「我的人」跪在椅子前，她撫摸著我的身體，柔軟的唇親吻我的額。她在我身邊祈禱，希望我能平安度過這一夜。爲了她，我知道我一定要撐過去。

等我張開眼，已是第二天早晨。「我的人」拿了一大把藥塞到我的嘴裡。她說，這些藥可以增加我的食慾。沒想到，不吃藥還好，吃完藥，我的胃腸蠕動速度就開始加快。

我感到肚子一陣絞痛，咬緊牙關，急忙拖著身體爬下樓梯。費力的跨進砂盆後，又稀又軟的大便就噴了出來。這是我生平第一次拉肚子，我再也沒有多餘的力氣站起來，毛髮更是沾滿了大便。我又急又氣，掙扎的爬上樓找「我的人」。

聽到我的微弱的求助聲，她連忙幫我把身體清洗乾淨。「天啊，達西，你一定覺得很不舒服吧，你向來都是那麼愛乾淨，我眞的感到很抱歉。」

幾個小時後，我又拉了一次肚子。

「我的人」完全沒有抱怨的幫我弄乾淨身體，同時還不斷的安慰我。「沒有關係，達西，這不是你的錯。都是這些藥害你拉肚子，我不會再要你吃藥了。我保證，我絕對不會讓你感到不舒服。」

我知道她打了電話給獸醫，不過太累了，所以沒注意他們講了些什麼。隔天，她只餵我吃一顆銀灰色的藥丸，早晚各吃一顆。雖然我掙扎著不肯張開嘴，她卻堅持要我吃下。

吃藥雖然是件苦差事，不過我的食慾的確變得好多了。她會把食物稍微加熱，溫熱的東西比較容易入口。

在她的鼓勵下，我辛苦的度過了這個冬季。每一天，她都會想辦法誘我多吃點東西。用微波爐加熱食物後，她抱著我到儲藏室，那是我以前吃飯的地方。她躺在地上，用湯匙一口一口的餵我吃飯。看到她這麼體貼的照顧我，我怎麼能拒絕她呢？就算有時我真的不想吃，也會勉強的吃幾口。

晚上吃了藥之後，有時三更半夜我會感到肚子餓。當我想吃東西時，就會發出叫聲，好讓「我的人」知道我餓了。她都會馬上從被窩裡爬起，抱著我下樓，幫我準備食物。我吃飯時，她便躺在地上陪我。她輕撫著我的毛髮，睡眼惺忪的告訴我她有多愛我。有的時候，我頂多只吃得下幾口就不想吃了。但即使如此，看到我有意願吃飯，她還是顯得很高興。

春天來時，我的胃口好多了，白天的食量也增加不少。也就是說，「我的人」現在已經不再需要半夜裡爬起來二、三次，好餵我吃東西。這樣的生活作息已經成為一種固定的模式，她盡一切可能照顧我，而我，則努力的活下去。

溫柔的體恤

Comforting Each Other

每一週，「我的人」會爲我打一次點滴。她的一位朋友會來家裡，幫她把我抓在桌上，好讓她把針刺入我的皮下。針的另一頭連著一根塑膠管和瓶子，瓶子的水慢慢的流進我的身體。

這些步驟並不會眞的讓我感到難受，所以我都是乖乖的配合她。只有一次，她打針時弄痛了我，我叫了一聲，身體稍微掙扎一下，之後，又安靜的待在桌上。除了打針的這一天之外，她從來不曾傷害我。她對我總是那麼體貼，那麼有耐心。

打針後的第二天，我的精神好多了，也比較有力氣。如果打針可以讓我的身體變得更強壯，我願意忍受它。

雖然吊了點滴後，我的身體變得比較舒服，可是我依然感到口渴。從前我就很愛喝水，而且喜歡在不同的地方喝水。現在，只要有水喝就好，只要能輕鬆的喝到水就好。

自從生病以來，我已經沒辦法像以前一樣，跳上洗手台喝水龍頭滴下的水。「我的人」體貼的在洗手台下放了三個箱子，好讓我能一階階的爬上。她並且在洗手台裡放滿了水，好讓我感到口渴時，隨時都能喝到新鮮的水。就算是三更半夜，也能找到水喝。

一週快接近尾聲時，我口渴的感覺會變得更加強烈。這時，她會在屋子裡到處放些水盆。客廳裡放著淺黃色的派盤，樓梯上放著塑膠碗，儲藏室裡則放了玻璃碗。因爲我特別喜歡喝從土裡流出的水，她將家裡的所有盆栽下，都換了可裝水的新的大容器，並且每天把它們清洗乾淨。這段時間，我做了一件過去從來沒做過的事，那就是喝馬桶裡的水。

雖然說加了鮪魚汁的乾飼料比較好吃，我的體重仍然持續減輕。不過如此一來，我的行動反而變得比較靈活。現在，我可以跳上客廳的矮凳子，然後爬到櫃子上的文竹盆栽後睡覺。這個地方很隱密，是個可以躲起來打瞌睡的好去處。有些時候，我覺得自己彷彿又得到年輕時的活力，好像又變成了一隻小貓。

聖誕節的時候，「我的人」的朋友送她一個玩具。那是一個有手有腳的胡蘿蔔塡充玩具，在手和腳上，各有一個吸盤。「我的人」會讓這只胡蘿蔔在我眼前跳舞。爲了答謝她的演出，我會伸出手攻擊這個塡充玩具。有時，她也會拿起一條緞帶，故意在我面前晃動。就像我還是小貓的時候一樣，我會又跑又跳的追著緞帶跑。

自從我變瘦之後，我發現「我的人」也開始日漸消瘦。我們就是那麼有默契，要減肥，就大家一起減。不過變瘦了以後，我也變得非常怕冷。

除了怕冷之外，我更希望緊緊的黏在她身邊，所以現在晚上我們都一塊睡。我甚至還會鑽到她的被窩底下。睡前，「我的人」習慣先看點書。她會把枕頭立起，靠著床頭板。背部和頭頸依著枕頭，弓著腳看書。等到想睡了，身體便往下躺，然而膝蓋仍舊是弓著的。關上燈，拉起被子，這時，我就會跳上床，鑽進這個用膝蓋搭起的小帳篷裡。

縮在這個小帳篷裡，依偎著她的腳，讓我覺得非常溫暖。不一會兒，她會側身而睡。這時我會爬到她的胸前，將我的頭枕著她的手。即使外頭的氣溫低，我們倆依偎著互相取暖，一點也不覺得冷。

太陽出來後，我怕冷的問題依然存在。「我的人」在靠近沙發椅扶手旁，爲我用棉被搭了一個小帳篷。我可以躲在裡頭睡覺而不會受涼。

漫漫長冬的每一天早晨，我都會從屋前的窗戶向外看，看看經過昨天一夜，鄰近的景色是否有些改變。這時，「我的人」會臥在沙發上祈禱。等我確定一切景物依舊後，會走到沙發前，跳到她胸口上，然後和她一塊兒感謝貓神又賜予我另一天的生命。

她經常痴痴的看著我，抱著我，一遍一遍的述說著我們初識時的回憶。記憶飄回了新罕布夏的舊家，那些曾和巴力拜一塊兒生活的優閒日子，還有那個討厭的太霸。說到這裡，她一定會笑著向我道歉，表示自己擅作主張，爲我帶來了不少麻煩。感謝我這麼多年的陪伴，她總是感謝我對她的愛。

每天晚上，「我的人」又會躺在沙發上，再度向神祈禱感謝。我縮在她胸口，聽著她說：「亞伯拉罕的神啊，求您保佑達西。撒拉的神啊，求您保佑達西。以撒的神啊，求您保佑達西。」

她繼續唸著不同人的名字：「彼得的神啊，求您保佑達西。安得魯的神啊，求您保佑達西。馬修的神啊，求您保佑達西……」

這些人到底是誰啊？

隨著她喃喃低語的祈禱聲，我的眼睛快要閉上了。我很想弄清楚她到底在和誰說話，但最後還是無法抗拒這種平靜又溫柔的催眠聲。我睡著了。

完全依賴

Depending on Each Other

漫漫長冬裡，我每天都期待著春天快點來臨。我期盼能自由自在的徘徊在院子裡，讓溫暖的陽光灑滿身上，滲透進每一個毛孔。這一天終於來了。從早到晚，我幾乎都待在院子裡，躺在我最喜歡的位置，呼吸自由的空氣。

有時候，「我的人」會出來找我，可是我再也聽不到她的聲音，我發覺我聾了。我的聽力一天比一天差，冬天過完時，我已經完全聽不見任何聲音。我眞希望能回到最後還聽得見聲音的那一天，好讓我仔細的聆聽「我的人」的聲音，我要永遠記住她那溫柔、充滿愛意的聲音。

但是我根本不知道從何時開始聽不見，只感覺外面世界的聲音愈來愈小，愈來愈小。突然間，我就完全聽不見了。我不得不向歲月低頭，年紀愈大，失去的就愈多。氣力一點一滴的從我身上流逝，我只能無奈的默默承受。我再也無法聽到「我的人」的安慰，失去了她的聲音，生命變得寂靜又空虛。

我再也無法迎接她回家。直到睡夢中的我聞到她的味道，感覺她的手撫摸著我，而驚訝的睜開眼時，才發覺她已經在我面前。我再也無法像從前一樣，跑到門口迎接她。難過的我，只能半夢半醒的混沌度日。

寂靜無聲，
沒有狗吠，
沒有鑰匙轉動聲，
被推開的門不再吱吱作響，
熟悉的腳步聲不見了，
所有聲音都消失了。

我再也聽不到她的歌聲，
再也聽不到她在我耳旁

低語，哭泣，歡笑，
所有聲音都消失了。

但是我們曾經的快樂日子，
甜美的回憶，
無法用言語表達的愛的旋律，
永遠縈繞在我心中。

天氣溫暖的春天和初夏，我經常躲在院子裡的樹叢下休息。有時，我突然感覺「我的人」在眼前。我聽不見她的腳步聲，但是聞得出她的味道。她的手是那麼溫柔，她的笑容是那麼親切。

她將我從樹叢下抱起，輕聲的對我說話。我知道她在對我說話，我看到她的唇在動，訴說著她有多麼愛我。

她抱著我走進綠意盎然的花園。過去每一年夏天，她都是這樣抱著我，告訴我這些花花草草的名字。雖然寂靜無聲，但是她的嘴型告訴我，這邊的是羅馬洋甘菊、波斯菊、雛菊、香蜂草，那邊的是百合花、滿天星、小蜀葵，還有我最喜歡的龍吐珠。

之後，她又慢慢走回剛才發現我的樹叢邊，把我輕輕放下，好讓我繼續休息。每一天，她都會來這兒找我，抱抱我，撫摸我，對我說話，微笑的凝視著我。她不斷重複著自己對我的愛。不再是達西和「我的人」，我們的心已經合爲一體。

春天的午夜有時會突然下起一陣大雨。從前的我偶爾會被困在雨中，直到被雨聲驚醒的她，跑到後門的走廊，打開燈，呼喊著我的名字，要我趕快進來。聽到她的呼喚，我會立刻跳上台階，衝進走廊。現在我聽不見了，在外頭過夜又碰到下雨時，只能勉強的躲在樹叢下，靠著稀疏的枝葉，作爲暫時的庇蔭。

在傾盆大雨中，她的鞋子突然出現在我眼前。頓時間，我覺得好生氣！她怎麼可以把我丟在外頭？她明明知道我最討厭淋雨的。

我生氣的頭也不回的衝向走廊，她緊跟在後，好幫我打開紗門。從我們身上滴下的雨水，將廚房的地板全弄濕了。

但當我抬起頭，看到她濕透的衣服和頭髮，我不再生氣了，她不是來找我了嗎？我一邊摩擦著她的腳，一邊喃喃的道歉著。她拿了毛巾幫我擦乾身體，然後抱著我，回到樓上的臥房。沒多久，我們就一塊進入夢鄉。

最後一次旅行

Taking Our Last Journey Together

現在我的活動力比前陣子敏捷，所以又能開始打獵。即使聽不見聲音，可是我靈敏的嗅覺倒沒有退化。我曾經抓到一隻老鼠和一隻鼴鼠，放在走廊上送給「我的人」。

有天晚上，我又捕獵到另一隻鼴鼠，突然間，我有股吃掉牠的衝動。等不及白天再把牠送給「我的人」，我一口一口的把餘溫尚存的肉吞下肚。這是幾個月以來，我第一次覺得有飽足感。

五月間的一個晚上，我再次外出打獵。這一晚，我出去了好幾個小時，直到破曉時才回家。廚房的燈是開著的，這是以前從來沒發生過的事，不知道「我的人」怎麼了。看見我進門，「我的人」連忙抱起我。她的臉滿是淚痕，喃喃的對我說了些什麼。這時我才恍然大悟，原來她以爲我走了，永遠離開她了。眞是傻啊！我只不過是去打獵而已。如果眞的死了，也要死在她身邊。

初夏時，我經常嘔吐，有時連吃下肚裡的食物和膽汁都被吐了出來。我總是會跑到地下室去吐，免得她清理起來麻煩。每次聽到我反嘔的聲音，她都會立刻前來安慰我。她搓揉著我的背，要我別擔心。吐完後我便感到舒服多了。重新走到院子裡，躺在暖烘烘陽光下，慵懶的過一天，好像什麼事都沒發生過一樣。

沒多久，我又開始變得虛弱了。我無法跳上洗手台，我無力的腳根本站不穩。每當我想喝水時，只好走到洗手台下，然後喵喵叫著找「我的人」。聞聲前來的她，會抱起我，好讓我喝幾口水，之後再把我輕輕的放下。浴室的洗手台下，又得放置幾個箱子作爲台階。

前陣子，我還可以跳上廚房的窗台，好到屋外走走。現在跳不上去了，「我的人」便在窗台下放了一張橘色的椅子，椅子旁則放了一袋報紙，和一袋書作爲台階。好方便我先踏上這疊書，爬上椅子，再搆到窗台，跳到走廊。

我的力氣漸漸衰退，整理毛髮這件事，似乎變得愈來愈費力。尤其是當我從外頭回來，身上沾了一大堆灰塵時，更需花上好大的力氣才能梳理乾淨。這個工作，現在也落在「我的人」身上。她總是溫柔的幫我梳毛，好讓我的毛髮柔順光亮。

六月下旬，「我的人」又開始整理皮箱。我們再度前往她弟弟位於密蘇里州獨立鎮的家作客。這趟旅程眞是漫長又炎熱。

隨著待在車上的時間愈來愈久，我也愈來愈疲倦。第一次停下來加油時，「我的人」連忙找個陰涼處讓我休息。我只能發出微弱的叫聲，告訴她我很不舒服。她爲我倒了一碗水，抱著我，告訴我她有多愛我。

接下來的路上，她仍不時把車停在路邊，好讓我能下車活動活動。她會跟在我身後，讓我自己決定要去哪兒。休息夠了，我就會回到車旁。不過車子裡實在是悶熱得難受，打開車窗是比較通風，不過呼嘯而過的風聲又吵得我睡不著。這趟旅程眞是不好過。

好不容易，我們終於抵達目的地。大多數的日子裡，我都待在「我的人」的臥房中，偶爾到走廊上打瞌睡。她把窗戶上的紗窗拆掉，好讓我能自由進出。白天時，我躲在房裡的一個洗衣籃裡睡覺，晚上則縮在走廊的一角。

每天清晨，「我的人」都會到走廊上找我。抱著我走到後院，讓我嚼一嚼青草，或者舔舔葉尖上的露水。我在走廊下找到一處可以躲藏的隱密地方，當我四處探索時，「我的人」就坐在台階上，等著我玩累時回來找她。

我擔心自己的體力不夠，所以不敢跑太遠。沒多久，就回到她身邊。她將我抱回原來躺臥的走廊處，讓我繼續休息。

有時候，她會忘了關上從走廊通往餐廳的門，以至於我可以走進餐廳，四處徘徊。我發現地上有一碗食物，那是住在這裡的貓吃的食物。自從我生病以來，已經好久沒吃過這類東西。我嚐了一口，口感是硬了一點，味道也不怎麼好吃，我想若是我沒有生病，根本不會去碰這種東西。但是好久沒吃到別種東西的我，倒也吃得津津有味。

「我的人」不喜歡我吃別的貓的食物。一旦她發現我又將鼻子埋在別人的碗裡，就會指責我的不是。

「達西，你的腎臟不能負荷這些食物，拜託你只吃自己碗裡的東西。」

對於她的話，我充耳不聞，仍是找機會，偷吃貓碗裡的食物。

幾天之後，即使是這些新食物也引不起我的食慾，我的健康狀況又開始惡化了。「我的人」仍然按時餵我吃藥，但是就算吃了藥，我還是沒有胃口。連以前最愛吃的鮪魚也不再有吸引力。

我已不像從前一樣拚命喝水。住在這兒的期間，「我的人」曾經幫我打了兩次點滴。不過我的情況依然沒有好轉。

曾經在她的鼓勵下，我平安的度過生命中最艱難的冬季，又一起捱過春季。可是這一次，我想我可能無法陪她過完這個夏天。我感覺生命一點一點的從身體裡消失。「我的人」一定也感覺到我撐不下去了，她現在陪伴我的時間比以前都長。有時我從睡夢中醒來，就發現她已不知道在我身邊待了多久，滿臉哀傷的凝視著我。

等到回家的那一天，趁著清晨氣溫還涼爽時，我們就開車上路。我可以感覺出車子用很快的速度奔馳在路上，她著急的想趕快回家。她用紙板擋在車窗上，以阻擋酷熱的陽光直接曬進車內。離開這兒的前一晚，她把我的貓砂盆先放進冰箱，好讓睡在上頭的我覺得涼爽些。對於她的體貼用心，我感激在心，可是現在，我已經沒有力氣向她道謝了。該離開她的日子近了。

雖然如此，每當停下車休息時，我還是想看看這些新鮮的地方。我踩著蹣跚的步伐，聞聞草堆和矮樹叢裡的氣味。之後，「我的人」把我抱回車內。我躺在她的懷裡，覺得此生已經沒有什麼遺憾了。

我們已經在回家的路上，我將回到那個熟悉的家，那裡的一草一木都是那麼親切。也許回家後，我的精神會好些，我又有體力站起來也不一定。日子就可以再像從前一樣，當我躺在花園裡，享受日光浴時，她會不時的來看看我，抱抱我，告訴我有多愛我。

中午過後沒多久，我們就返抵家門。「我的人」把我從車裡抱起，放在我最喜歡躺臥的樹叢下。一整天我都躺在這裡沒離開，她經常來看我，用手指輕輕的撫摸我的毛髮，嘴裡低語著我是她最珍愛的寶貝。太陽下山後，她並沒有強迫我和她回到屋子裡。

這天晚上，我撐起身子，想走得遠遠的。我想找個地方，一個她找不到的地方，然後好好休息。在那裡，我可以慢慢的告訴偉大的貓神，有關我和她的故事。我快死了，但是我不能死在她的面前。她會要求我別走，要求我至少活到二十歲。但是我無法給她這個承諾，我無法再陪在她身邊。

但是當我停下腳步稍作休息時，突然想起「我的人」有多麼需要我的愛。我們已經在一起過了那麼多年，現在怎麼能遺棄她？我轉過身往回走，我不能在這個時候丟棄她不顧。我勉強撐起搖搖晃晃的身體，吃力的跨出每一步。等到回到原先休息的樹叢下，黎明的陽光已經照在家門上。我知道待會兒她就會出現在走廊上。

剛推開紗門就看到了我，她立刻衝到我身邊，抱起我。在經歷了生命中那麼多事情後，我確切的知道，她的臂膀就是我的天堂。是的，如果要

死，我也要死在這裡。她試著想餵我吃些東西，可是我完全無法吞嚥。我勉強的喝了幾口水，又趴在紗門前，等著她讓我出去。外面的世界是那麼多采多姿，總是引誘著我出去探索。但是因爲她對我的愛，讓我永遠會記得回家。

終須道別
Saying Good-bye

一整天，我都躺在走廊的椅子上。這張我所熟悉的椅子，曾經伴我多年的老朋友，現在卻無法安慰我的身體。無論我如何變換姿勢，仍是覺得渾身不舒服。「我的人」不時前來探望我，她輕撫著我的身體，眼神中流露出無限的不捨與愛意。我知道如果我向我的身體妥協，今夜就會離她而去。

傍晚時，她抱著我走進屋裡。我實在是太疲憊了，根本無法向她道謝。我已經聽不見了，現在連喵一聲的力氣也沒了。她望著我，懇求我一定要好起來，一定要堅持下去。可是我不敢看她，我知道我該走了。這是一個殘酷又難以承受的決定，但是我別無選擇。我的身體已經不再屬於我的了。

我沒有力氣跳上她的床；我不聽使喚的四隻腳虛弱得走不動；吃藥對我來說，已經沒有任何效果；連水喝起來都是淡而無味。我發不出聲音，不再能讓她知道我有多愛她。是該說再見的時候了。

「我的人」緊抱著我，我猜想她應該在和我說話。但是我連抬起頭的力氣也沒有，我看不見她的眼中有多麼焦慮。但是我可以感受到她的感覺，我知道她害怕。她還不想和我道別，她還希望我多陪陪她。然而我再也不能安慰她，這次恐怕要讓她失望了。我連自己是否還能看到明天的日出都沒有把握。

夜深了。「我的人」把我留在走廊，關上門，走進屋裡。她以爲我想單獨留在那兒，就像從前一樣。但是這次我不想離開她，我要珍惜最後和她在一起的每一刻、每一秒。我吃力的從窗戶爬進餐廳，但是到了這裡，全身的力氣已經耗盡，再也動不了了。我躺在餐桌下喘息著。

午夜時，她下樓察看，發現我躺在地上。她走到我身旁，也躺了下來。她輕柔的撫摸著我，眼淚再也忍不住的流了下來。在她的安慰下，不知不覺中，我漸漸進入夢鄉。

睜開眼睛時，她已經不在我身邊。我好想爬到樓上找她，可是我的身體完全不聽使喚。這些日子以來，我一直勉強著自己堅持下去。直到這一刻，我再也撐不住了。

天亮了，我掙扎著想站起來，但是只能靠著桌角，吃力的坐在地上。時候到了，我完全無法反抗命運。我等著「我的人」下樓，我只能告訴她：「對不起，我沒辦法活到二十歲。我真的很希望能一直陪在你身邊，但是我再也走不動了。」

看到我的模樣，她立刻從樓梯上衝了下來。她抱起我，她的表情告訴我，她已經知道我想說什麼了。今天是我們在一起的最後一天，我終需和她道別。這一次說再見，將永遠不會再相見。在我這一生中，她是我最大的禮物。我也給了她我全部的愛。我已沒有什麼遺憾。

這陣子每個星期都會來家裡，協助她替我打針的人也來了。她們把我抱上車。我們還得開上好一段路，才到得了獸醫院。儘管我所剩的氣力不

多，但是我的好奇心並沒有因而減少。我總是在猜想，剛才經過的那棟房子裡，會不會也正好住著一隻貓？「牠的人」又是長得什麼模樣？知道我仍想望著窗外，「我的人」扶起我的身體，好讓我的臉能靠在她的肩上。

走進獸醫院時，候診區裡還有一隻狗。我硬是從喉嚨裡擠出一絲叫聲。這是我此生所發出的最後一個聲音。我要讓「我的人」知道，即使到了這個時候，我仍是不屑與狗輩共處一室。

走進診療室，「我的人」把我放在金屬檯上。獸醫師走了進來，他看了我一眼，沒有說話。「我的人」忍不住痛哭了起來，滿臉都是淚痕。我好想好想給她最後一次的安慰，但是我已經完全沒有力氣。我知道她愛我，可是我完全聽不見她的聲音。

她的雙手托著我的臉，凝視著我的眼睛。我看著她問道：「怎麼了？」

我們生活在一塊這麼多年以來，同樣的問題已經不知被我問過多少次。每一次她都會回答我。答案可能是：「我們要去露營。」「我們要去看醫生。」「我們要搬家。」「我們要搬去新罕布夏。」「我們要去散步。」或者：「我們要回家，達西，回到我們自己的家。」

我知道她一定會給我一個答案。我們的目光相望時，我明白這將是我最後一次從她那兒得到回答。「我們要說再見。」

我望著她的唇，總是發出甜言蜜語的柔軟雙唇現在顫抖著，「謝謝你，達西，謝謝你。」說完，她已經泣不成聲。我感到有根針刺入我的血管，我感到她的愛包圍著我，彼此的心靈已緊緊的結合在一起，從今直到永遠。這是偉大的貓神給我們的祝福。這張如此熟悉又摯愛的臉孔愈來愈模糊，我獻給她最後一首詩作爲道別。

我知道你，
我知道你，
你是「我的人」。
我是誰？
我是你的達西。

後記

達西在一九八九年的六月六日離開我，我用牠最喜歡的藍色毛毯包著牠，埋葬在車庫旁的忘憂草花圃下，緊鄰著巴力拜的墓地。那天晚上，當我站在牠的墓前時，突然想起牠曾經對我說過的話：「我永遠不會離開你。」是的，牠永遠不會離開我。失去了牠，日子變得暗淡無光。不過我永遠記得牠，永遠記得曾經度過的美好日子。牠的身影始終圍繞在我身旁，牠給我的愛永不止息，我們倆的心靈已經合而爲一。這本書，是我所能給牠的最後的禮物，如同牠將一生的祝福給了我。

達西離開我的那一天，已經活了十七年，四個月又一天。

「達西的人」，蒂・瑞迪

國家圖書館出版品預行編目資料

貓咪不要哭／蒂・瑞迪著；屈家信譯.——初版——
臺北市：大田，2012.04
面；公分.——（Titan；003）

ISBN 978-957-455-694-6（平裝）

885.359 93009377

Titan 003

貓咪不要哭 A CAT'S LIFE

蒂・瑞迪◎著
屈家信◎譯
潘金磊◎繪圖

出版者：大田出版有限公司
台北市106羅斯福路二段95號4樓之3
E-mail：titan3@ms22.hinet.net
http：//www.titan3.com.tw
編輯部專線（02）23696315
傳眞（02）23691275
【如果您對本書或本出版公司有任何意見，歡迎來電】
行政院新聞局版台業字第397號
法律顧問：甘龍強律師

總編輯：莊培園
主編：蔡鳳儀　編輯：蔡曉玲
行銷企劃：黃冠寧　網路企劃：陳詩韻
校對：余素維／陳佩伶／謝惠鈴
承製：知己圖書股份有限公司・（04）23581803
初版：2012年（民101）四月三十日
定價：新台幣 200 元

總經銷：知己圖書股份有限公司
（台北公司）台北市106羅斯福路二段95號4樓之3
電話：（02）23672044・23672047・傳眞：（02）23635741
郵政劃撥：15060393
（台中公司）台中市407工業30路1號
電話：（04）23595819・傳眞：（04）23595493

國際書碼：ISBN 978-957-455-694-6 / CIP：731.9 / 101001303
Printed in Taiwan

廣告回郵
北區郵政管理局登記證北台字1764號
免貼郵票

From：地址：

姓名：

To： **大田出版有限公司　編輯部收**

地址：台北市 106 羅斯福路二段 95 號 4 樓之 3
電話：(02) 23696315-6　傳真：(02) 23691275
E-mail：titan3@ms22.hinet.net

＊請沿虛線剪下，對摺裝訂寄回，謝謝！

大田精美小禮物等著你！

只要在回函卡背面留下正確的姓名、E-mail和聯絡地址，
並寄回大田出版社，
你有機會得到大田精美的小禮物！
得獎名單每雙月10日，
將公布於大田出版「編輯病」部落格，
請密切注意！

大田編輯病部落格：http：//titan3.pixnet.net/blog/

智　慧　與　美　麗　的　許　諾　之　地

*請沿虛線剪下，對摺裝訂寄回，謝謝！

wawa劉瑞琪◎繪圖

牠給我的愛永不止息，
我們倆的心靈已經合而為一。
——蒂・瑞迪

讀 者 回 函

你可能是各種年齡、各種職業、各種學校、各種收入的代表，
這些社會身分雖然不重要，但是，我們希望在下一本書中也能找到你。

名字／__________ 性別／□女 □男　出生／______年_____月_____日

教育程度／

職業：□ 學生□ 教師□ 內勤職員□ 家庭主婦 □ SOHO族□ 企業主管
□ 服務業□ 製造業□ 醫藥護理□ 軍警□ 資訊業□ 銷售業務
□ 其他 ____________________

E-mail/____________________ 電話／____________________

聯絡地址：

你如何發現這本書的？　**書名：貓咪不要哭**

□書店閒逛時________書店 □不小心在網路書站看到（哪一家網路書店？）________
□朋友的男朋友(女朋友)灑狗血推薦 □大田電子報或編輯病部落格 □大田FB粉絲專頁
□部落格版主推薦 ____________________
□其他各種可能，是編輯沒想到的 ____________________

你或許常常愛上新的咖啡廣告、新的偶像明星、新的衣服、新的香水……
但是，你怎麼愛上一本新書的？

□我覺得還滿便宜的啦！ □我被內容感動 □我對本書作者的作品有蒐集癖
□我最喜歡有贈品的書 □老實講「貴出版社」的整體包裝還滿合我意的 □以上皆非
□可能還有其他說法，請告訴我們你的說法

____

你一定有不同凡響的閱讀嗜好，請告訴我們：

□哲學 □心理學 □宗教 □自然生態 □流行趨勢 □醫療保健 □ 財經企管□ 史地□ 傳記
□ 文學□ 散文□ 原住民 □ 小說□ 親子叢書□ 休閒旅遊□ 其他 ____________________

你對於紙本書以及電子書一起出版時，你會先選擇購買

□ 紙本書□ 電子書□ 其他____________________

如果本書出版電子版，你會購買嗎？

□ 會□ 不會□ 其他____________________

你認為電子書有哪些品項讓你想要購買？

□ 純文學小說□ 輕小說□ 圖文書□ 旅遊資訊□ 心理勵志□ 語言學習□ 美容保養
□ 服裝搭配□ 攝影□ 寵物□ 其他 ____________________

請說出對本書的其他意見：

大田出版有限公司編輯部 感謝您！